Пикапер

Легенда о Черном драконе

Виктор Волкер

SPACEONE

Чудеса вокруг нас

УДК 821.161.1(477)'06-312.9
В67

Волкер, Виктор.

В67 Пикапер. Легенда о Черном драконе / Виктор Волкер.— Киев : СПЭЙС ВАН, 2020.— 245 с. : ил.

ISBN 978-617-7999-00-2

Верите ли вы в драконов? Каким бы ни был ответ, драконам — все равно!

И если на голову тебе в буквальном смысле свалился Великий дракон, который явился на землю совсем не просто так и для своей опасной миссии почему-то выбрал именно тебя, а помочь (или помешать) тебе изо всех сил пытаются немного сумасшедший тибетский монах, красавица-киллер и сосед-ботаник, скучать тебе точно не придется. Ведь нужно всего-то-навсего вмешаться в планы самого могущественного человека на Земле, спасти планету от смертельного вируса и освободить любимую девушку из лап бандитов...

УДК 821.161.1(477)'06-312.9

ISBN 978-617-7999-00-2

Легенды бывают разные. Чаще они ведут нас сквозь невообразимую глубь времен, реже — рассказывают о событиях недавних, хотя таких же далеких...
Но легенда, о которой ты сейчас узнаешь, — вовсе не из дальнего далека. Она — о простом парне из современного города, который, как и многие, искал себя в жизни.

ГЛАВА 1

Тьма была настолько беспросветной, что так и хотелось моргнуть и прояснить видимость. Если бы все происходило на улице, объектом злости стал бы сырой осенний туман, поглощающий свет и пробирающий до костей. Но в хитросплетении одинаковых коридоров многоэтажного здания, через которые Оливер продирался уже кто знает сколько времени, тумана по определению быть не могло. И все же он был: сырым холодком лип к рукам, норовил забраться под куртку. Серыми, едва заметными щупальцами он облизывал и без того холодный металл пистолета. Изнуряющая погоня продолжалась давно. Единственное, чего хотел сейчас окоченевший паренек, измотанный бесконечным лабиринтом давно пустой многоэтажки, — поскорее выбраться из мрачной громадины, где затерялись Чужаки...

И вот теперь, когда надежда найти вражеских лазутчиков почти растаяла, капризная девица удача снова подмигнула ему: в конце коридора послышался приглушенный вскрик. Все опять затихло, будто и не было ничего, но этого хватило: сжимая в руке пистолет, Оливер метнулся вдоль коридора. Стараясь двигаться как можно тише, за секунду он приблизился к двери. Собрался, перевел дыхание, подпрыгнул — и резким движением двинул дверное полотно ногой... И тут же завыл от боли, схватившись за ушибленную стопу, а в следующий миг проклятая дверь распахнулась наружу и добила согнувшегося парня.

— Бли-и-ин! — простонал отброшенный к стене Оливер.

Едва придя в себя от мощного удара, он яростно потер кулаками глаза. Первое, что смог увидеть, была бледная маска-лицо Чужака, что склонился над ним. Немигающие глаза с вытянутыми вертикальными зрачками неуклонно приближались. Распахнулась широкая, от уха до уха, пасть, обнажая острейшие пики зубов. И вдруг, обдав горячим дыханием лицо парня, чудовище... громко мяукнуло!

Оливер закричал от неожиданности, шарахнулся наугад в сторону... И наконец-то проснулся, упав со стула. Накануне ночью, когда он сидел перед монитором, его сморил сон.

Компьютерная стрелялка-бродилка все еще терпеливо ожидала возвращения своего героя, а прямо на клавиатуре восседал здоровенный черно-белый кот. Подергивая кончиком хвоста, он с высоты стола любопытно рассматривал своего хозяина.

«Мяу!» — настойчиво повторил пушистый монстр, а затем сиганул прямо Оливеру на живот, пружинисто приземлившись на все четыре лапы. Довольно урча, кот принялся топтаться на месте, делая своему хозяину «лечебный массаж».

— Тифон! У... чтоб тебя... — простонал невольный пациент, одной рукой осторожно ощупывая огромную шишку на затылке, а другой отталкивая непрошеного хвостатого лекаря.

С трудом поднявшись, Оливер покосился на прикроватную тумбочку: круглый будильник на ней слабо отсвечивал зеленым цифры 04:32. Ну конечно! У этого шерстяного исчадия ада аппетит просыпается именно во время самых ярких предутренних снов человека.

Бормоча что-то под нос и припоминая экзотические рецепты блюд на основе кошатины, Оливер прошлепал на кухню. Не включая свет, наощупь достал из тумбочки пакет сухого кошачьего корма, потряс его над миской, забросил упаковку обратно в тумбочку. И, по-прежнему не выходя из сонного транса, направился к своей постели.

А еще через две минуты, под уютные звуки похрустывания кошачьих сухариков, он с головой ушел в сладкий сон.

ГЛАВА 2

— Блин, блин! Вот бли-и-и-ин!..

Оливер прыгал по квартире на одной ноге, пытаясь одновременно втиснуть другую в узкую штанину джинсов и не подавиться только что откушенным бутербродом.

Сухой хлеб царапал горло, поэтому парень машинально потянулся за чашкой кофе. Посудина скромно пристроилась на самом краешке стола, поскольку другого свободного места здесь не было. Немытые тарелки, остатки пиццы в коробке, пустые емкости из-под готовой еды — этот стол напоминал скорее мусорную свалку.

Втиснувшись, наконец, в штаны, Оливер схватил чашку и хотел глотнуть, как вдруг резко прозвенел телефон. От неожиданности юноша сделал слишком большой глоток, поперхнулся и обжег горло. Телефон продолжал настойчиво трезвонить. Пыхтя и кашляя, цепляясь за разбросанные вещи, хозяин холостяцкой квартирки все же отыскал на полу за креслом неугомонную трубку.

Табло будильника показывало 09:20. Это было еще раннее утро... если бы не факт, что рабочий день для всех сотрудников фирмы «Сити групп», к которым относился и Оливер, начинается ровно в девять. Значит, уже двадцать минут, как он, экспедитор фирмы, специализирующейся на продаже косметики, должен был развозить заказы по адресам. А ведь еще только вчера парень с покаянным видом стоял в кабинете шефа и клялся: «С завтрашнего дня обязуюсь приходить на работу без опозданий». То есть — с сегодняшнего...

— Доброе утро, Оливер! — сладким ядом заструился в трубку вкрадчивый женский голос.

Ну конечно же — Ева, ехидная офис-менеджер! Кто же еще это мог быть!

— Доброе утро, Ева! — как можно бодрее отозвался «разгильдяй», при этом бросившись открывать балкон.

Вместе со свежим воздухом в комнату ворвался привычный городской шум улицы.

— Как спалось? Наверное, отлично, если ты проспал и сегодня, — продолжала вещать Ева тем же елейным голоском, в котором, однако, с каждой секундой звучало все больше стали.

Оливер прямо-таки увидел ее длинное худое лицо с яркими пятнами румян, большими круглыми стеклами очков на носу и черными прямыми волосами, всегда зачесанными за уши.

— Да какое там «проспал», Евочка! Я же обещал, что буду вовремя! Но не моя вина, что на мосту опять ужасная пробка! Наверно, авария... — как можно убедительнее выдохнул парень, повернув телефон к окну, чтобы ей хорошо был слышен шум автомобилей.

— А-а-а, так ты в про-о-обке? Уверен?

— Ну еще бы! Я уже минут двадцать здесь торчу, Евусик! — невероятно ласково проворковал молодой человек.

Их офис, как и склад, находился на левом берегу реки, что разделяла Мидлтаун на две равных части. Сам Оливер жил на правом и каждый день вынужден был проезжать по одному из двух мостов, соединяющих город. В часы пик перебраться с одного берега на другой из-за большого количества машин было испытанием местного масштаба. Пробки и тянучки здесь возникали постоянно, и этот удручающий факт был известен всем, включая шефа. Офис-менеджер Ева, никогда не упускавшая случая придраться к молодому экспедитору, тоже об этом знала. Она так часто и настойчиво искала предлог отчитать Оливера, что тот начал подумывать: а не питает ли эта девица к нему каких-то тайных романтических чувств? И вот таким способом, обладая природной вредностью, выказывает их своему избраннику?

— А ничего, что я звоню тебе НА ДОМАШНИЙ ТЕЛЕФОН?!! — последние слова она проорала просто дурным голосом, и бедный паренек округлившимися глазами уставился на радиотрубку в своей руке. — Если тебя не будет через двадцать минут, о зарплате можешь забыть! И я тебе такой штраф вкатаю, что... — Ева продолжала что-то визжать, но Оливер лишь пробормотал покаянно:

— Уже выбегаю, сейчас буду, я быстро... — и нажал «отбой».

Ему и вправду было стыдно. Нет, ну это ж надо так попасться! Ну как, как он мог перепутать мобильный с радиотрубкой домашнего телефона?! Эта царица офиса растрезвонит всем на работе (а может, и начальству), как ловко уличила обманщика. Нет, она однозначно к нему неравнодушна!

Оливер подошел к столу и в порыве раздражения бросил телефон. Что-то булькнуло. Оглянувшись, он увидел черный хвостик антенны радиотрубки, одиноко торчащий из объемной чашки до сих пор горячего кофе.

ГЛАВА 3

Творческое вранье о пробке на мосту теперь превратилось в реальность: ему пришлось убить еще минут пятнадцать своей жизни — автомобиль таки застрял в плотном потоке машин. А потом еще терпеливо выслушать все, что о нем думает офис-менеджер. И, как оказалось, думала она о нем очень многое — это ж надо: ни разу не повториться, выкрикивая ругательства! Но вот, наконец, она утомилась и, сунув ему готовые распечатки с заказами, замахала руками, словно пытаясь выгнать из офиса назойливое насекомое. Тут их желания сошлись как нельзя лучше: отчитанный по всем правилам сотрудник мигом вылетел на улицу, к помещению склада, по дороге давая себе слово никогда в жизни больше не попадаться так глупо. Повезло еще, что шеф уехал куда-то по делам и не стал свидетелем столь унизительных экзекуций. Да еще было бы от кого! Эта разукрашенная кукла точно останется старой девой — кому она нужна с таким противным характером? Во всяком случае, на внимание с его стороны теперь пусть даже не рассчитывает!..

Рассеянно поздоровавшись с Ником, добродушным рукастым верзилой, заправлявшим на складе всеми этими коробками-упаковками и прочим добром, Оливер сунул ему свои распечатки. Ник был и кладовщиком, и грузчиком одновременно, но, несмотря на немалый объем работы, делал свое дело уверенно и неторопливо. С молодым экспедитором у него както сразу наладились дружеские отношения. Каждый раз при встрече главный кладовщик находил время, чтобы перекинуться с ним парой добрых шуток. Но сейчас Оливеру явно было не до юмора и дружеских бесед. Погруженный в невеселые мысли, он рассеянно наблюдал, как мощный Ник грациозно порхает возле своих стеллажей.

«Он похож на летающего слона», — по-прежнему хмуро подумал Оливер. Между тем созерцание Ника за работой немного улучшило ему настроение. В конце концов, впереди еще один рабочий день, который надо пережить.

Отобранный товар погрузили в багажник автомобиля, и, отсалютовав на прощание, Оливер приступил к своим прямым обязанностям — развозке заказов.

Наверное, этот момент был самым приятным событием его рабочего дня: оставив свою машину на корпоративной стоянке, перебраться за руль новенького белого пикапа. Мощный сверкающий полноприводной внедорожник... Как только рука Оливера ложилась на руль, а мотор, заводясь, отвечал мягким урчанием, мир вокруг преображался. На какое-то время парень становился хозяином эдакого элегантного хищника белой масти, его повелителем, и с ним он мог отправиться куда угодно, если бы только пожелал. Тут же задорно начинало подмигивать солнышко, бросая зайчики в зеркала бокового обзора, и девушки на улицах, оборачиваясь в его сторону, как-то уж очень ласково улыбались белому пикапу... и, конечно же, водителю. А то, что машина принадлежала фирме и что вечером он был обязан вернуть ее, — не беда! Об этом на какое-то время можно и забыть, плавно рассекая по городским улицам и ловя восхищенные взгляды. В такие моменты сотрудник фирмы «Сити групп» чувствовал себя настоящим Пикапером, а не просто экспедитором, который всего лишь доставляет на служебном авто товары клиентам.

Бегло просмотрев список адресов заказчиков, он сразу же набросал себе план маршрута. На все автомобили фирмы были установлены GPS-навигаторы, однако Оливер считал оскорбительным для себя пользоваться этим техническим достижением: он родился и вырос в Мидлтауне и уже пару лет развозит косметику — ему ли не знать всех улочек-переулков-изгибов родного города?

Работа не слишком утомляла: колесить по городу на пикапе было в удовольствие. Вот только клиенты иногда попадались ну о-о-очень неприятные. Неплохо бы кое-кого из людей заменить роботами, чтобы не приходилось общаться с недовольными заказчиками и выслушивать их ворчание! У роботов нет эмоций: встретил на пороге, взял товар, черкнул подпись о получении — и укатил себе на своих колесиках...

Взвизгнули тормоза: замечтавшись, Оливер чуть не пролетел на красный свет, но вовремя остановился. Это было одним из его достоинств: часто тело реагировало на ситуацию раньше разума.

«У тебя просто спинной мозг лучше прокачан, братуха, потому ты такой быстрый», — как-то сказал ему один парень, с которым Оливер познакомился на занятиях по боксу. Правда, после первого нокаута Оливер на тренировки больше не пришел: быстрота реакции не всегда спасала от железных кулаков противника. Синяк под глазом был знатный, пришлось выдумывать историю о героическом спасении девушки. Ее окружила толпа агрессивных подонков, а он, конечно же, не смог пройти мимо, и... Ну, дальше — сюжет классический, это вам любой скажет.

Но вот законченным вруном он никогда не был. Скорее — честным романтиком-фантазером, а врал лишь в крайних случаях, когда ничего другого не оставалось.

ГЛАВА 4

Первый клиент оказался на редкость нудным — устроил получасовой допрос о достоинствах и недостатках ассортимента средств косметики компании «Сити групп». Ко второму пришлось тащиться в противоположный конец города. Правда, этот покупатель относился к разряду «нормальных»: во-первых, мистер Питерсон был постоянным заказчиком, а во-вторых — обладал удивительно спокойным характером. Пожалуй, если бы по радио объявили, что Земля взорвется через пять минут, для него это не стало бы причиной отказа от чашки чая. Он никогда не задерживал экспедитора: все свои вопросы задавал заранее и теперь просто проверил соответствие товара.

Освободившись через пять минут, парень рванул в центральную часть города, на площадь Арбор. Именно там располагался бизнес-центр «Соло», а в нем — салон красоты «Нью Лук», периодически заказывающий косметические средства. Туда следовало попасть ближе к двенадцати: в обеденный перерыв на обычно забитой людьми и машинами площади было легче найти место для стоянки. Охранник с проходной так привык к появлению вечно спешащего паренька с большой сумкой, что редко останавливал его для проверки.

Но именно сегодня салон ничего не заказывал. И все же белый пикап подрулил к площади Арбор в привычное время. На парковке у бизнес-центра свободных мест, конечно, не оказалось, и Оливер пристроил свой транспорт к обочине возле небольшой закусочной. Подхватив объемную сумку, экспедитор бросил туда пару коробок наугад и бодро побежал к громадине «Соло», поблескивающей под солнцем зеркалами и хромом.

Увидев парня, полусонный от скуки охранник лишь мазнул взглядом по набитому знакомому баулу, после чего вяло кивнул в сторону турникета — проходи, мол, не задерживай очередь.

Сейчас Оливер ясно вспомнил свою первую поездку сюда, в салон красоты «Нью Лук». Тогда с самого утра лил дождь — такой сильный, что его куртка полностью промокла за несколько минут, пока он бежал от машины к зданию. С волос струилась вода, норовя попасть за шиворот, а папка с бумагами, которую он держал в руке, стала скользкой. В общем, утречко выдалось еще то! Вишенкой на торте всех этих неприятностей стал развязавшийся шнурок — Оливер поскользнулся на гладких плитах коридора, чудом устояв на ногах. Взмахнув руками, он выпустил папку из рук, которая, похоже, почувствовала свободу и взметнулась вверх. В полете веером по всему полу разлетелись бумаги...

Проклиная все на свете, он бросился поднимать документы, как вдруг чья-то рука ловко замелькала рядом, собрала листы аккуратной стопкой и протянула ему. Удивленно подняв лицо, обескураженный своей неловкостью, парень встретился с открытым взглядом выразительных карих глаз. Их миндалевидная форма, четко очерченные скулы и черные блестящие волосы, стянутые на затылке в высокий хвост, говорили о наличии восточной крови у незнакомки. Девушка была миловидна и почти без макияжа. На ее губах играла обворожительная улыбка.

— Вот, возьмите, — улыбнулась ему она, и Оливер вдруг почувствовал, как краснеет до самых кончиков ушей.

— Спа... сибо... — выдохнул паренек, неуклюже сгребая бумаги обратно в папку.

В этот самый момент он был готов стукнуться головой об стенку в наказание за свою нерасторопность. И еще много чего мог сделать, однако спросить имя у этой необыкновенной девушки оказалось выше его сил.

— Пожалуйста, — она сделала шаг в сторону, направляясь дальше по коридору, но снова задержалась, по-своему поняв поникший и потерянный взгляд симпатичного молодого человека.

— Может, вам нужна подсказка? Куда вы направляетесь? — спросила приветливо.

— Я уже отдал товар... просто искал выход, — честно признался юноша, потому что ничего более подходящего не придумал.

Он, в общем-то, не боялся знакомиться с девушками, хотя в воображении это получалось лучше, чем наяву... Но и в реале он при удачном стечении обстоятельств мог проявить свой интерес к понравившейся девушке и даже произвести впечатление. Может, уверенности ему иногда и недоставало, но на выручку всегда приходило природное обаяние и чувство юмора. Но вот именно сейчас, застыв со злосчастной папкой посреди коридора, не мог вспомнить ничего этакого. И потому говорил правду.

— А-а-а, ну тогда нам по пути, — девушка кивнула в дальний конец коридора, как бы приглашая парня за собой. — Я как раз собиралась выйти на обед. А в наших лабиринтах и правда можно заблудиться, — добавила она, чтобы немного развеять его смущение.

Всю длинную, очень длинную (так, во всяком случае, ему показалось) дорогу по коридору он отчаянно искал фразы для непринужденной беседы, но, когда они вышли из двери офисного этажа на лестницу, нужные слова все еще не были найдены.

— Ну вот, мы и на свободе, — пошутила девушка. — Дальше вы дорогу знаете.

Ее каблучки легко застучали по каменным ступенькам вниз, а он застыл позади, проклиная себя за нерешительность. Прекрасная незнакомка, словно горная серна, убежала, в то время как Оливер стоял на ступеньках и чувствовал себя... нет, не горным, а просто — бараном.

Очнувшись наконец-то от светлого наваждения, он побрел вслед за девушкой — как и она, игнорируя лифт. И уже направляясь к выходу из офисного центра, снова заметил знакомую гибкую фигурку в голубой блузке и хвост тяжелых черных волос — она стояла возле барной стойки, за стеклянной дверью маленькой кафешки. Не раздумывая, ободренный такой удачей, парень ринулся туда же. Вернее, раздумывать-то он раздумывал, но, как часто бывает, ноги отреагировали проворнее мозга. Поэтому, оказавшись рядом с объектом своего внимания, он так и не успел придумать ничего путного. Взгляни она сейчас на него с легкой насмешкой (как это иногда делают девушки) или хотя бы удивленно — его бы только след и простыл в ту же секунду. Но лицо красавицы просияло обворожительной улыбкой, так стремительно очаровавшей Оливера. Возможно, у нее просто было хорошее настроение сегодня...

— Позвольте угостить вас кофе! — вдруг выпалил он без предисловий, чем вызвал очередную улыбку прелестницы. — В благодарность за вашу помощь, — добавил поспешно.

— Конечно, моя помощь была неоценимой! Если бы не я, вы бы до сих пор плутали в этих лабиринтах, — кивнула она и вдруг рассмеялась. — И за свой подвиг от кофе я не откажусь.

— Я — Оливер, — открыто улыбнулся он, пытаясь-таки «выпустить на свободу» личное обаяние.

— Я — Алекс, — и себе представилась девушка, краем глаза заметив, что кавалер иногда «зависает», как перегруженный информацией компьютер.

Последующий разговор за чашкой кофе прошел неожиданно спокойно и даже душевно. Как оказалось, Алекс была стилистом салона красоты «Нью Лук», того самого, куда он доставлял косметику. В скором времени они уже весело болтали. Ободренный ее вниманием, Оливер снова вернул себе обычное чувство юмора и теперь развлекал собеседницу смешными историями.

Кофе давно был выпит, и обеденный перерыв подходил к концу. Алекс, попрощавшись, ушла работать, а номер телефона он у нее так и не взял...

«Ну разве можно быть таким рассеянным?!» — ругал себя Оливер, спустившись на землю с розовых облаков общения с этой невероятной девушкой. И он клятвенно пообещал себе узнать ее телефон при следующей встрече. В том, что она обязательно состоится, у него не было сомнений.

ГЛАВА 5

Прошло два дня, прежде чем он придумал маленькую хитрость: затолкав несколько банок косметики в сумку, примчался к зданию «Соло» впритык ко времени обеда. Поднявшись на лифте на третий этаж, принадлежавший «Нью Лук», занял выжидательную позицию у двери.

Ждать пришлось не очень долго: минут через десять дверь в который раз открылась, выпуская сотрудников, и шелковистым переливом мелькнули пышные волосы. Растерявшись от неожиданности, Оливер тут же «нырнул» в сумку, словно искал там что-то важное, но Алекс уже заметила его.

— Оливер, здравствуйте! Вы опять к нам?

— О, здравствуйте, Алекс! Рад вас снова видеть! Да, снова сюда кое-что привез, — ответил юноша с непринужденной улыбкой.

Он искренне надеялся, что улыбка выглядела именно непринужденно, а голос звучал уверенно (не зря же два вечера подряд репетировал это перед зеркалом?!). Теперь без запинки смог бы произнести нужную фразу, даже если бы его подняли в четыре часа утра.

— Ну, хорошего вам дня! — улыбнулась девушка и, крутнувшись на своих тонких каблучках, направилась куда-то по своим делам.

А вот такого поворота парень не ожидал. Он растерянно заморгал, глядя вслед удаляющейся тонкой фигурке.

— Или, может, у вас найдется пять минут на кофе? — вдруг остановившись и повернувшись к нему, спросила она.

COFF

А он, как за спасательную ниточку, ухватился за другую свою отрепетированную фразу:

— Да, конечно, у вас тут кофе готовят просто отлично! — он изо всех сил старался сказать это как можно более буднично.

Возможно, Алекс поверила в его пристрастия гурмана — любителя кофе. Во всяком случае, она снова провела час обеденного перерыва в его компании.

Но и в этот раз он забыл о номере ее телефона. И в следующий — тоже. А еще через один, наконец, смог честно признаться себе самому: дело вовсе не в забывчивости. Ну... не мог он этого произнести вслух, просто не мог! Именно этой девушке. Ведь пока они мило общаются и пьют вместе кофе, пусть и в роли просто знакомого, он имеет возможность, благодаря своей маленькой хитрости, видеть ее каждый день. Но попроси он ее телефон, это звучало бы почти как «давай встретимся вечером». А уверенности, что девушка согласится, у него как раз и не было...

Проще притворяться и дальше, чем сделать шаг навстречу — и, возможно, получить отказ, а значит — забыть о встречах с ней в дальнейшем.

Он согласился на роль приятеля — чтобы избежать возможной потери. И терпеливо ждать, что, может быть, когда-нибудь...

Пролетал еще один час. Он принимал, как неизбежное, что она опять взглянет на свое тонкое запястье с изящными золотистыми часиками и убежит прочь. Или провожал ее до двери лифта и потом только уходил. Уходил, досадуя на себя, что и в этот раз не готов был узнать, значил ли он для Алекс хоть немного больше, чем случайный знакомый, с которым она встречалась, чтобы выпить кофе?

Каждый раз они находили множество интересных тем: истории из своей жизни и жизни знакомых, обговаривали мэмы в Интернете и обсуждали новые фильмы, которые удалось посмотреть. Оказалось, что Алекс очень любит цветы и дома у нее своя маленькая оранжерея. А вот кошки нет, хотя они ей и нравятся. Хозяин черно-белого шкодника Тифона был с ней полностью согласен — без кота жизнь не та...

Как выяснилось, у них достаточно общих интересов, и довольно скоро знакомство превратилось в подобие дружбы. Все охранники на входе в «Соло» теперь здоровались с Оливером, как со старым знакомым, и никто больше не просил предъявить документы. А в маленькое кафе «Релакс», где продавали действительно хороший кофе и свежие пирожные и где они стали уже завсегдатаями, на обед каждый день приходила Алекс. Только сюда молодой экспедитор не опаздывал... Ну, почти.

Вот и в этот раз, поздоровавшись с охраной, он сразу же направился к стеклянной двери кафешки. Их любимый столик в углу не был занят. Официант, увидев своего постоянного клиента, кивнул и начал готовить два кофе. В предвкушении долгожданной встречи, юноша добавил к заказу еще пару пирожных с красной вишенкой на горке белоснежного крема. Потягивая свой кофе, он стал ждать...

Однако девушка почему-то задерживалась. Скучая, Оливер достал из сумки папку с адресами заказчиков и начал их просматривать. Оказывается, один из них находился через улицу от того места, откуда он прилетел сюда, с досадой отметил парень. И снова придется ехать в самый конец города.

— Это все Ева, — пробормотал он себе под нос, — всякий раз одно и то же — как бы меня еще погонять и что бы такое придумать, чтобы я, не дай бог, не начал радоваться жизни.

То, что он сам не составил схему маршрута доставок на сегодня, ему в голову почему-то не пришло.

Минуты бежали, но Алекс все не было. Это казалось странным: прошло почти два месяца, и она ни разу не пропускала встречу за чашечкой кофе в «Релаксе». Даже когда была очень занята или это не входило в ее планы, все равно забегала ненадолго — хотя бы поздороваться с Оливером и спросить, как у него дела.

Но сегодня ее не было.

Прошел час. Обеденный перерыв давно закончился, и суетливая толпа офисного планктона — основного контингента кофейни — заметно поредела, сменившись случайными посетителями.

Со вздохом в последний раз бросив взгляд на безразличные ко всему стрелки настенных часов в виде распустившего хвоста павлина, Оливер наконец-то решил уходить. Градус настроения упал до нуля: парень не мог даже позвонить Алекс, выяснить причину ее отсутствия — номера телефона девушки у него по-прежнему не было.

Теперь придется ждать до следующего визита в офисный центр, чтобы узнать, что помешало встрече. А вдруг Алекс не появится и в другой раз? Думать об этом абсолютно не хотелось. Понуро опустив голову, молодой человек побрел к стоянке, где припарковал служебное авто.

Неприятности в одиночку не ходят: на переднем стекле белого пикапа красовалась бумажка — штраф за парковку в неположенном месте. Вдвойне плохо: автомобиль принадлежал компании, а значит, надо отдать квитанцию со штрафом начальнику. Поэтому неминуема очередная лекция на тему «Разгильдяйство в жизни и профессиональной деятельности». Это вдобавок к вычету из зарплаты...

Уже в окончательно скверном настроении Оливер отчалил в дальний конец города — и, конечно же, попал в тянучку, потратив еще время. В результате весь график развозки сместился. По адресу последнего заказчика — Лейк-стрит, 104 — после семи часов вечера ехать было делом бессмысленным, так как улица находилась далеко за городом. Именно это он и попытался объяснить разъяренной офисной фурии Еве. Та, выслушав жалобу недовольного клиента, поспешила «оторваться» на виновнике, обозвав его «разгильдяем» и «позором фирмы». Клятвенно пообещав завтра первым делом посетить эту самую Лейк-стрит, «позор фирмы» пулей вылетел за дверь, отгородившись ею от обоймы колкостей, что летели следом в спину...

Оливер привык покорно выслушивать нотации, часовые выговоры, воспитательные речи и раздраженные реплики в свой адрес, но даже для него на сегодня было достаточно. Квитанция о штрафе по-прежнему лежала в кармане. С этой неприятностью он разберется в другой день.

Оставив пикап на парковке компании, парень пересел в свой старенький седан и покатил домой. Там он и провел бы остаток дня, без интереса пялясь в телевизор и жуя пиццу из микроволновки, если бы в дверь не постучали. Не позвонили, а именно постучали — аккуратным стуком, напоминающим SOS на Морзе — три коротких, три длинных, три коротких. Стучать так мог лишь один человек.

Неохотно поднявшись с дивана, Оливер босиком прошлепал к двери и впустил высокого худощавого молодого мужчину в больших очках и с копной красно-рыжих растрепанных кудрей. В одной руке тот держал объемный термос, а в другой — увесистый пакет. Из пакета исходил чудный аромат свежей домашней выпечки. Для поглощателя полуфабрикатов и готовой еды этот запах был сродни божественному благоуханию.

— Привет, сосед! — бодро поздоровался гость и прямиком пошел на кухню.

Хозяин квартиры, не возражая, потянулся за ним следом. А тот уже затеял бурную деятельность: сгреб со стола грязную посуду, отправив ее в раковину, выудил из тумбочки чудом притаившиеся там чистые чашки и поставил на стол. С тарелками такой удачи не случилось — их пришлось мыть. Пока хозяин кухни, где давно не ступала нога человека со шваброй, поспешно отдраивал посуду, гость достал из пакета и разложил на блюде одурительно вкусно пахнущий пирог.

— Том, что ты опять притащил? — нарочито равнодушно спросил Оливер, при этом расставляя тарелки.

Тем временем, не спрашивая разрешения, Том разливал по чашкам ароматный чай из своего термоса.

— Пирог с яблоками!.. — улыбнулся он и аккуратно положил кусочек на тарелку. И едва дождавшись, пока сосед откусит угощение, нетерпеливо спросил: — Ну как?

— Отлиш-ш-шно! — прошуршал Оливер, с удовольствием поглощая свежую, еще теплую и стопроцентно домашнюю выпечку.

И даже если бы пирог оказался несъедобным, он ни за что не смог бы сказать об этом единственному другу, для которого кулинария была главным хобби в жизни. Точнее — весьма уединенного, тихого и скудного на события существования...

Том был ботаником. Нет, не по внешности (хотя и по ней — тоже), он просто работал в ботаническом саду и занимался редкими цветами из тропиков, посмотреть на которые посетителям можно было в тропической оранжерее. Он часами мог вещать о своих орхидеях, стрелициях, гусманиях, такки. И хотя его сосед с трудом представлял, что это такое, рассказывал Том весьма увлеченно.

Правда, таким красноречивым он мог быть лишь в компании друзей (к которым относился, пожалуй, лишь Оливер), а в присутствии женщин рыжий очкарик-ботаник вообще както сразу терялся, краснел, будто школьник, и давился словами, словно плохо пропеченным пирогом. Наверное, именно поэтому он в тридцать с хвостиком был безнадежно одинок, а своими кулинарными изысками угощал исключительно соседа. Чему тот, к слову сказать, был только рад — готовить Том действительно умел, в отличие от Оливера.

— Вкуснейший пирог! — продолжал нахваливать парень, доставая второй кусок и прихлебывая ароматный чай.

Ботанический сосед, кстати, не доверял и чаю в пакетиках, предпочитая составлять собственные сложные сборы — из чайных листов разного калибра, сушеных цветов и трав (недаром он был ботаником). Настроение сытого Оливера впервые за весь долгий день начало подниматься выше нулевой отметки.

«М-мяу?!» — донеслось из-под стола, и Тифон, задрав усатую мордашку, требовательно потрогал лапой ногу Тома, словно спрашивая: как это вы про меня забыли?!

Том, покраснев от удовольствия, рассмеялся. Скромность отнюдь не была чертой Тифона, зато кот славился хорошим аппетитом и любовью к сладкому. И теперь этот хвостатый обжора тоже претендовал на свою порцию пирога.

— Извини, сейчас исправлюсь, — Том отрезал небольшой кусочек и аккуратно положил в кошачью миску.

Подняв хвост вопросительным знаком, Тифон двинулся в сторону добычи.

— Кажется, он твой пирог одобрил, — усмехнулся Оливер, глядя на кота.

— Мне тоже он нравится, — кивнул Том, жуя свой кусок.

От природы худой, если не сказать — тощий, ботаник давно махнул рукой на все попытки не то чтобы подкачать мускулатуру, а просто хотя бы немного поправиться. И беззлобно завидовал своему соседу, у которого с внешностью все сложилось куда более благополучно.

— Ну, что у тебя новенького? — спросил умелец-пекарь, подливая себе еще чаю.

— Да ничего особенного, — махнул рукой Оливер. — Разве что менеджер наша на меня взъелась, сил просто нет, — вздохнул он. — Не пойму, что ей от меня нужно.

— Это та самая, что к тебе неровно дышит?

— Ну да, а кто же еще...

— Что ж тогда здесь непонятного? Ты ее вниманием обделяешь, вот она и злится, — пожал плечами Том.

— Ну, я же не бог Аполлон, чтобы всех осчастливить своим вниманием! — воскликнул польщенный Оливер.

— Не Аполлон, конечно. Ты — пикапер, — бесхитростно добавил Том.

Оливер едва не просиял от такого замечания. Если друг столь высоко оценивает его обаяние и умение нравиться женщинам — значит, может, это и в самом деле так?

О том, что Оливер по субботам посещает специальные курсы пикаперов (а по сути — умения нравиться девушкам), кроме Тома, не знал никто. Лишь ближайшему другу можно было доверить такую тайну — он уж точно не проболтается и не начнет насмехаться. Соседу и впрямь не пришло бы подобное в голову. Наоборот, узнав секрет Оливера, он стал просить поделиться полезными советами, на что «сведущий пикапер» великодушно согласился. Между тем он не сомневался, что никакие советы не исправят ужасную скованность товарища в общении с противоположным полом, но все равно честно пересказывал основные «тезисы» уроков, а еще — кучу забавных историй о том, как осваивал их на практике. Неважно, какими они были — правдивыми или густо замешанными на фантазии, — тут все средства хороши, если хочешь помочь другу.

На самом деле больше всего сейчас Оливера тревожило, конечно, исчезновение Алекс, однако об этом он так и не рассказал Тому.

ГЛАВА 6

Солнечный свет струился мягкими волнами, бережно обнимая тело приятным теплом. Сверху — безоблачное ярко-голубое небо, снизу — нежнейший ковер из зеленой травы. Прозрачная вода хрустально чистого озера отражала все небесные краски. А между ними, в метре над землей, в позе лотоса парил монах. Его бордово-желтые одеяния развевались на ветру, и тишину нарушало лишь одно вибрирующее глубокое «О-о-о-м-м-м-м-м...».

И вот неожиданно, как гром среди ясного неба, в этом идиллическом месте послышался чуждый звук — еще не оформившийся, некое предчувствие, тревожная волна, что вдруг вошла в диссонанс с безмятежным звучанием мантры. Монах открыл глаза и с недоумением прислушался — то ли к себе, то ли к нарастающему с каждой секундой дрожанию воздуха.

А потом резкий скрежещущий звук набрал силу и в клочья разорвал окружающую действительность, словно невидимый великан, решивший расцарапать железными когтями стеклянный купол небосвода. Ветер принес с собой запах гари, дохнул в лицо жаром. Вода еще секунду назад невозмутимого озера пошла волнами, как будто пытаясь остановить стремительно надвигающуюся катастрофу.

И вдруг показалось нечто — источник всего этого хаоса: навстречу озеру несся огненный, раскаленный докрасна метеорит. Огромная волна поднялась и встала на дыбы, когда адский валун с ужасным шипением коснулся поверхности воды...

Прямо посреди этого апокалиптического пейзажа невесть откуда возник сине-голубой, с перламутровыми переливами шар. Его круглые, как блюдца, совиные глаза едва не вылезали из орбит, выражая высшую степень изумления от всего происходящего. Почти уткнувшись загнутым клювом в лицо монаху, он завизжал, тыкая крылом в сторону метеорита, что погружался в уже кипящую воду:

— Ты это видел?!! Видел?!! Обалдеть!!!

Бедный монах, при падении небесного камня сумевший из последних сил сохранить остатки внутреннего равновесия, не выдержал, как только появилось синее чудо. Жалобно застонав, он закрыл лицо руками, упал на землю, больно стукнувшись копчиком, и... открыл глаза.

Тяжело дыша, Ардан вышел из транса, торопливо оглянулся — не разбудил ли кого-то из своих соседей по комнате? Хотя вряд ли можно было назвать комнатой крохотную комнатушку самой дешевой гостиницы, где ютилось еще пятеро искателей приключений и лучшей доли. Соседи, кажется, никак не отреагировали на шум. Здоровенный афроамериканец на койке в углу самозабвенно храпел, двое вьетнамцев тоже посвистывали носами; худой рыжий подросток что-то бормотал во сне, обнимая подушку. Крайняя койка у стены пустовала: шустрый маленький мексиканец, спавший на ней, преимущественно вел ночной образ жизни, днем предпочитая отсыпаться.

Ардан перевел дух, попытался успокоиться. Устало прикрыл глаза рукой и опустил тяжелую голову на тонкую подушку.

— Нет, ты это видел?! Вот такая громадная каменюка, и ба-бах! Бух! Шух! Только брызги полетели!

Ардан приоткрыл один глаз. Синее чудо из его безнадежно испорченной медитации никуда не делось: оно прыгало по краю кровати, растопырив тощие крылья с редкими перьями лазурного цвета, и вертело головой. Вернее — верхней частью шара, на макушке которого торчали уши с длинными синими кисточками на концах. Больше всего существо напоминало дружеский

шарж на птицу, нарисованный синим фломастером рукой очень юного художника. Абсолютно круглое тело, огромные глаза, рысьи ушки, коротенький хвост в несколько перьев и когтистые лапы — того же василькового цвета.

— Опять ты... — простонал монах. — Сгинь!

Но существо, кажется, его не слушало: оно возбужденно прыгало по узкой гостиничной постели, всеми доступными способами изображая, как «здоровенная каменюка» шмякнулась о воду.

— Круто было! — наконец подытожил клубок, устав прыгать, и подобрался поближе к монаху, заглядывая ему в глаза. — Здорово, правда?

— Да отстань ты! — тихо ругнулся Ардан. — Пернатое недоразумение... Уйди с глаз моих! Кто тебе позволил испортить мне медитацию?

— Ее вообще-то испортило появление метеорита, — обиженно нахохлилось существо. — А мне как раз хотелось проверить, все ли с тобой в порядке. А то что-то нервный ты стал в последнее время.

— И в этом львиная доля твоей вины!

Монах все еще был зол. Закрыв глаза, снова откинулся на подушку, намеренно игнорируя непрошеного гостя. Но от того, кажется, не так-то просто было избавиться.

— Это тот самый камень, как ты думаешь? — птица-мультяшка задумчиво почесала голову крылом, а затем подлетела еще ближе, устроившись просто на плече монаха.

— Думаю, что да, — вздохнул Ардан.

Больше пообщаться все равно было не с кем. А поговорить хотелось — ведь то, что он задумал, требовало неимоверной выдержки, огромных усилий и... в случае успеха стало бы воплощением его самой безумной мечты.

— Я вижу его в своих снах и видениях уже который раз...

— Ты хочешь поймать его? — существо открыло клюв от изумления.

— Ну, скажем, не поймать, а... заполучить.

От азартных мыслей глаза этого немолодого человека с классической восточной наружностью вдруг загорелись, как у юноши, что грезит о любимой. От привычной сдержанности не осталось и следа.

— Я знаю, это — судьба. Мое предназначение — вернуть нашему миру гармонию. Поэтому приложу все усилия, чтобы исполнить его с достоинством!

Слова монаха звучали так, будто он сейчас стоял на пьедестале перед многомиллионной аудиторией, а не сидел ночью на своей постели в дешевом хостеле, общаясь с собеседником, которого видел только он сам.

— И потому-то ты идешь к этому упырю Блэку?

Ардан дернулся, словно на него неожиданно выплеснули ведро холодной воды, разрушив все сладкие мечтания.

— Да, именно так! Не все поймут мою жертву сейчас, но потом... да что я вообще рассказываю какому-то общипанному синему шару! — рявкнул он так громко, что долговязый рыжий парень на соседней койке беспокойно дернулся. — И вообще, уйди отсюда! — добавил Ардан уже тише, без лишних церемоний стряхивая приставучее создание со своего плеча.

— И никакой я не шар! Может, я сова! — огрызнулась в ответ синяя птичка, полетев кувырком прямо на пол.

— Синих сов не бывает!

— А откуда ты знаешь? Возможно, ты просто их раньше не видел? Синие совы — очень редкие птицы, и не всякому идиоту улыбается счастье увидеть нас! — зло блеснуло глазами-плошками нелепое существо.

На прощание показав монаху длинный розовый язык, оно растворилось в воздухе.

Ардан страдальчески вздохнул. Этот ультрамариновый кошмар, эта ухмылка злого духа, воплощенная в перьях, не давала ему покоя много лет. В одной из медитаций, когда монаху казалось, что до полного и бесповоротного просветления рукой подать, вдруг из ниоткуда возникла эта крылатая нечисть.

И с тех пор он никак не мог от нее избавиться. Чего Ардан только не делал: усмирял свою плоть строжайшим постом, несколько дней без перерыва проводил в молитвах и медитациях, даже проходил обряд очищения от злых духов. Ничего не помогло. Пернатая тварь каждый раз появлялась снова и вела себя по отношению к нему так нагло, будто он был ей чем-то обязан. Другие монахи, услышав о беде Ардана, лишь недоуменно пожимали плечами. А когда он попробовал завести разговор об этом с одним знакомым европейцем, тот без обиняков посоветовал ему пообщаться с психиатром.

Больше о синей птице Ардан ни с кем не говорил. Вообще он не очень много разговаривал: способность удерживаться от ненужных слов считалась добродетелью. Но все же, смирившись со своим невидимым спутником как с кармическим наказанием, монах чувствовал себя отчасти ущербным. Он привык к одиночеству и аскетизму — этого требовал его статус, — между тем нередко воображение рисовало расплывчатый образ некоего Друга, с которым можно было бы поделиться самым сокровенным.

Такой заветной тайной для Ардана стала странная легенда, лишившая его покоя. Одна-единственная невинная мысль прочно засела в голове маленьким ростком, со временем переросшим в навязчивую идею, а затем и во всепоглощающую страсть. Теперь он сам сторонился общества других монахов, и его родная обитель высоко в горах стала как бы чужой. Он не находил себе места. Он растерял весь свой покой. Он искал ответы...

Кто ищет, тот, как водится, рано или поздно находит. Чаще всего — проблемы на свою голову, но эти детали сейчас волновали Ардана меньше всего. Ради благородной цели все средства хороши! Даже сделка с самой инкарнацией зла. А монах и минуты не сомневался, что таинственный Блэк и есть самое настоящее воплощение зла...

ГЛАВА 7

При мысли, что тысячи рук прикасались к неуклюже ползущей полоске эскалатора метро, Вильям брезгливо поморщился и поправил перчатки. Они были черными, сделанными из какой-то, на первый взгляд, непонятной ткани. Но если бы кто-то попробовал примерить это изделие высоких технологий, то очень удивился бы. Перчатка была мягкой на ощупь и почти невесомой, однако эластичной и суперпрочной. Вильям вполне мог бы позабавиться, предложив какому-нибудь силачу порвать ее, и точно хохотал бы, наблюдая за его потугами — разорвать перчатку из паутины руками практически невозможно. Да-да, из обычной паутины; невесомые паутинки сплетаются подобно канатам в отдельные нити, а затем на суперсовременном высокоточном оборудовании из них производится эта сверхматерия. Метр подобной ткани стоил не меньше пятисот тысяч долларов, что не сильно волновало Вильяма: у него было несколько пар таких перчаток, плюс шарф, который он небрежно наматывал себе на шею, выходя на улицу в сырую погоду.

И вот сегодня он, человек в дизайнерском легком плаще, наброшенном поверх строгого делового костюма, в туфлях из кожи питона и перчатках за полмиллиона, должен спуститься в разинутую пасть обычной подземки. И этот спуск казался ему погружением в самые глубины ада.

Стоя на еле ползущем эскалаторе, он из-под полуопущенных век наблюдал за мельтешением внизу целого людского моря — черных, белых, желтых рук, волос и одежды всевозможных цветов и оттенков. Отсюда, с относительной высоты,

отдельных лиц было не разглядеть, и вся эта пестрая движущаяся масса казалась одним потоком, одной человеческой рекой. Тупое и грязное стадо. Миллионы болячек, микробов и низменных страстей.

Вильяма передернуло. С плохо скрываемым омерзением он наблюдал за бурлящей человеческой ямой.

Этот идиот назначил встречу... в метро! Услышав полученную информацию от своего поверенного, Вильям на некоторое время просто потерял дар речи. А потом рассмеялся. Еще бы в общественном туалете предложил встретиться! Неужели этот глупец думает, что в метро, в окружении толпы, он будет в безопасности? Что Блэк не посмеет тронуть его, боясь многочисленных свидетелей и возможных невинных жертв?

Да он с радостью уничтожил бы весь этот кишащий людской поток безо всякой причины, просто в целях санитарии — как уничтожают полчища клопов и тараканов. И он обязательно сделает это! Блэк (или для узкого круга — Председатель) изучающе посмотрел на толпу, как бы прикидывая что-то. Да, его люди смогли бы очистить это место всего за несколько минут.

Однако сегодняшнее приключение было даже забавным. Когда-то в детстве он читал книжку восточных сказок. В одной из них шла речь об эмире, который иногда переодевался в простую одежду и «выходил в люди»: бродил по базару и улочкам своей столицы. Делал это, чтобы узнать, как живут и о чем говорят его подданные.

Председателю, если честно, было наплевать, как живут его подданные. Их жизнь не имела значения, тем более — это все равно ненадолго. Он смотрел поверх черных, выбеленных, крашеных, лысых голов, перед тем как смешаться с ними, стать одной из капель в этом вечно движущемся море, а видел — пустоту. И ничего не слышал. Их скоро не станет — этих черно-бело-коричневых...

«Вы все уже трупы. Просто еще не знаете об этом», — подумал Блэк и невольно улыбнулся своим мыслям. Миловидная девчушка в ядовито-оранжевой курточке едва не подавилась жвачкой, случайно бросив взгляд на его лицо, — и постаралась отодвинуться подальше.

Рассекая толпу, словно атомный ледокол арктическое пространство, Вильям уверенной походкой направился прямо к центру подземной станции, где несколько пластиковых скамеек сиротливо жались к стене.

Председатель и монах узнали друг друга сразу же: несмотря на пестрое скопление людей, тут не было никого, похожего на этих двоих. Ни на худощавого, низкорослого мужчину в черных очках, перчатках и в дорогой одежде, ни на азиата в желто-бордовых монашеских одеяниях.

— Приветствую вас! — чуть склонил голову в вежливом поклоне немолодой монах — он первым поздоровался с подошедшим.

Но тот лишь сухо кивнул, сразу переходя к делу.

— Ты уверен в том, что рассказал мне? — чуть растягивая слова, спросил Блэк, при этом пренебрежительно рассматривая Ардана поверх узких солнцезащитных очков, которые весьма нелепо выглядели в тускло освещенной норе подземки.

— Да, господин, — слегка склонил голову монах, не глядя в лицо собеседнику.

В его краях это считалось знаком уважения.

— И в том, что сумеешь правильно воспользоваться артефактом, если я вдруг соглашусь дать его тебе?

— Конечно. Иначе я бы не искал встречи с вами, — все тем же ровным, как бы безучастным голосом ответил монах.

По-английски он говорил с заметным акцентом, но способность владеть своими чувствами невольно придавала его словам значимости.

— Однако зачем мне соглашаться? — задумчиво протянул Председатель.

— Затем, что без меня вы не сможете его активировать, — спокойно ответил Ардан. — В руках человека, не обладающего сокровенным знанием, артефакт — просто бесполезный камень. Но если активировать его и заполучить Душу, он превратится в объект неимоверной силы, способный воплотить в жизнь самые невозможные желания...

— И какое желание есть у тебя?

Монах впервые взглянул на своего собеседника прямо, как бы раздумывая — стоит ли делиться сокровенным с этим человеком, персоной, обладающей безграничной властью, при том бесспорно порочной, способной на любые, даже самые немыслимые злодейства.

— Пока мне это неизвестно, ни о какой сделке не может быть и речи. Я должен понимать, к чему стремится тот, кто рискует всем. Даже собственной жизнью, — продолжил Блэк, выделив при этом последние слова. — Ведь ты же не думаешь, что я отдам тебе камень просто так?

— О, конечно! Я понимаю... — кивнул монах, и губы его чуть дрогнули в горькой усмешке. — Хорошо, я расскажу вам... Посмотрите на мир вокруг — все ли в нем благополучно? Люди заботятся лишь о собственном благосостоянии, основанном на деньгах. Им все равно, что они делают с планетой — нашей общей обителью. И не последнее слово в этом играют религии. Вернее — одна, наиболее стойкая и прочная — религия денег. Я хотел бы все изменить! Вернуть людей к единой вере, научить их — или заставить — подчиняться одному общему порядку, — глаза Ардана фанатично заблестели. — Только тогда в мире воцарится гармония.

— Да, этой планете определенно стоит помочь, — добавил Блэк с непонятным смешком. — И, конечно же, осчастливив всех, ты станешь новым учителем человечества. Ну и само собой — Первосвященником, или как там это у вас называется.

— Да, мне придется принять данную обязанность и нести это бремя, — кивнул монах с показным смирением.

Теперь Блэк улыбнулся уже по-настоящему — эта улыбка больше напоминала самодовольный оскал сытого волка.

В ту самую секунду за его плечом, как всегда неожиданно, материализовалось синее создание. Существо выразительно скосило свои плошки-глаза на Блэка и покрутило самым длинным пером у виска в однозначном жесте. Бедного Ардана слегка передернуло — за много лет он так и не привык к непредсказуемым и зачастую совсем неуместным появлениям своего мучителя. Кошмарное создание не думало униматься: оно принялось бешено прыгать над головой Блэка, невольно заставив Ардана скосить глаза в его сторону.

— Что такого интересного у меня над головой? — резко спросил Председатель, от которого не ускользнуло изменение в лице собеседника.

Вслед за взглядом монаха он тоже перевел глаза вверх — и, конечно же, ничего не заметил.

— Э-э-э-э... Ваша аура... довольно необычна, — Ардан снова опустил глаза, мысленно обрушивая проклятия на несносное создание.

Блэк только хмыкнул, презрительно поджав губы. Мимо них, пошатываясь и шаркая растоптанными башмаками по плитам пола, проковылял бомж. Ворох лохмотьев, напяленных друг на друга, делал его похожим на разноцветную капусту. Синяя нелепица тут же переключилась на него, начав тыкать пером в сторону оборванца и пытаясь изобразить крыльями нечто вроде телефонной трубки. Ардан лишь нахмурил брови и заставил себя не смотреть.

— Хорошо, я согласен, — вдруг коротко бросил Блэк, пристально вглядываясь в лицо монаха.

Когда Ардан услышал сказанное, безумный огонек снова вспыхнул в его раскосых глазах. Блэк удовлетворенно хмыкнул: фанатики предсказуемы, и он ничем особо не рискует, если согласится на эту сомнительную авантюру. Он легко вернет свой артефакт. Этот глупец, жаждущий спасти мир, был прав: без особых знаний Камень Дракона — один из многих экспонатов его сокровищницы — всего лишь жалкая невзрачная игрушка.

Времени, чтобы самому изучить все возможности Камня, у монаха нет. Так что... пусть пробует. В случае удачи это будет джекпот космического масштаба. А иначе Камень просто вернется к своему хозяину...

— Вы можете доверять мне, господин, — обычная сдержанность Ардана почти испарилась, слишком явной была радость от перспективы скорого обладания вожделенным Камнем.

— Мне нет нужды много говорить о доверии, — презрительно отмахнулся Блэк. — Я тебе доверяю, потому что у нас — общие интересы. И, как человек разумный, ты не дашь мне повода усомниться в тебе. Потому что в противном случае... — намек был более чем понятен.

— Пусть берегут тебя твои боги от неверного шага.

С этими словами Блэк повернулся, собираясь уйти, но тут Ардан остановил его:

— Так где я смогу...

— Тебя найдут, — ответил Председатель и, больше не обращая внимания на застывшего немым знаком вопроса Ардана, зашагал по направлению к эскалатору.

Монах проводил своего недавнего собеседника долгим внимательным взглядом. Многие, ох, многие неприятности сулит ему эта встреча... Та, к которой он столь сильно стремился и которая наконец-то состоялась.

Но сосредоточиться на этих мыслях ему не дали: едва лента бегущего вверх эскалатора скрыла спину Председателя, как шаркающий ногами бомж-капуста оглянулся, бодро достал из-под своих лохмотьев... новую весьма увесистую рацию и отрапортовал в нее четким голосом работника охранной структуры:

— Пятый, Пятый, я Третий! Объект покинул зону.

— Понял — продолжать наблюдение! — послышался рядом уже другой голос.

Удивленно обернувшись, монах заметил в двух шагах от себя маленького корейца с точно такой же рацией, который до этих самых пор, казалось, мирно спал на дальней лавочке, безразличный ко всему на свете.

— Живее, оболтусы! — рявкнула рация женским голосом в руке у пожилой неуклюжей негритянки в мешковатом платье и огромных желтых тапочках.

— Да, капитан! — подтвердила принятие команды нелепая с виду женщина.

Глазами, круглыми, будто у совы, Ардан наблюдал, как ловко, несмотря на свою тучную комплекцию, женщина огибает встречных людей, спеша к эскалатору. Следом за ней живо рванул с места кореец и тоже засеменил к подъемнику. Бомж в грязных лохмотьях устремился за ними.

Только теперь монах сообразил, что весь этот праздно шатающийся по платформе народ был здесь вовсе не случайно. Почувствовав на себе взгляд, Ардан обернулся: из-под низко надвинутой на самые брови бейсболки на него повеяло холодом от двух ледышек — бледно-голубых глаз незнакомой женщины. Монах невольно попятился.

Но существо, которое называло себя совой, кажется, от всей этой толпы пришло просто в безумный восторг: синий шарик бешено прыгал над головами каждого из законспирированных агентов, которые, как оказалось, охраняли Блэка. Ардан внутренне содрогнулся, представив, чем бы для него могла закончиться эта встреча, если бы он не пришел к соглашению с Председателем.

Синяя сова словно прочла его мысли.

— Интересно, что бы они с тобой сделали, — задумчиво протянула она, — если бы этот, в черных очках, остался недоволен? Отравили бы уколом зонтика? Или незаметно задушили бы? Или... просто столкнули бы на рельсы? Или...

— Прекрати! — поморщился Ардан. — Теперь, наверное, у меня разовьется паранойя, — вздохнул он.

— Это в дополнение к шизофрении? — ласково спросила сова, заглядывая ему в глаза.

— Тьфу ты… сгинь, порождение злобного духа!

Монах осенил себя охранным жестом и, опасливо озираясь, направился в сторону подъезжающего поезда. Подниматься наверх вместе с толпой ряженых ему почему-то совсем не хотелось.

ГЛАВА 8

Украшенные яркими камушками стрелки часов в кафе «Релакс» едва подползали к обеденному времени, а Оливер уже сидел на своем посту. Позабытая чашка кофе источала приятный аромат, но мысли парня вились далеко отсюда.

До самого вчерашнего дня он честно верил, будто его с этой обаятельной девушкой из «Нью Лук» объединяют разве что приятельские отношения плюс немного легкого флирта... И вот, стоило ей один раз не явиться на условно-договоренное место, как самые мрачные мысли начали водить в его голове хороводы, а ревность — зубастым зверьком грызть скукоженное самолюбие.

Если разобрать их общение по правилам настоящего пикапера, то с самого начала он сделал максимальное количество ошибок. Но это почему-то не помешало продолжению их встреч. Значит, он действительно ей нравился! Что же происходит теперь?

Следующая пытка временем повторила вчерашнюю с точностью «Дня сурка»: так же наводнили кафе офисные сотрудники, которые оживленно беседовали и пили кофе со сладостями, и все так же безнадежно остывала чашка с напитком на его столе...

Алекс не пришла.

Обеденный перерыв закончился, и Оливер, молча расплатившись, с мрачным видом двинулся к выходу, сопровождаемый сочувствующим взглядом официанта.

Все, что произошло с ним дальше, напоминало сюжет на редкость нудного фильма ужасов. Он, как выяснилось, перепутал заказы и, едва включив телефон, заметил девятнадцать пропущенных звонков: из офиса, от клиента, которому привез не то, что нужно, и от другого — тот грозился больше никогда ничего не заказывать у компании, в которой экспедиторы опаздывают на несколько часов.

Пришлось лететь сначала к этому скандалисту, а потом возвращаться ко второму, чей заказ поступил в другое место. Как назло, по ошибке уехало более дорогое средство — и за него придется доплачивать из собственного кармана. Кроме того, за таким же возвращаться в офис.

На этом череда невезений и неудач не закончилась: в офисе шеф «поздравил» его по поводу штрафа за неправильную парковку.

«Это залет, боец», — честно признался себе горе-экспедитор и приготовился выслушать лекцию на тему «Разгильдяйство и жизнь». Сольная ария шефа уложилась всего в десять минут, после чего он выгнал Оливера из кабинета «с глаз долой».

Подсчитывая в уме, останется ли хоть что-нибудь от зарплаты после погашения всех штрафов, парень поплелся к двери офис-менеджера.

— Представь себе! — услышал он знакомый голос за дверью, это Ева давала волю эмоциям — ее голос разгневанной сороки можно было услышать еще с противоположного конца коридора. — В который раз так облажаться! Да если бы я была шефом — гнала бы таких работничков поганой метлой из нашей компании!

Последние слова Ева произнесла, когда Оливер вошел, но эта стервоза даже в лице не изменилась.

— Ну ладно, дорогуша, я тебе потом перезвоню, — пропела она и положила трубку. — Чего тебе? — рявкнула, забыв об элементарном взаимоуважении и корпоративной этике.

— Мне заказ выписать — на тот товар, что перепутали.

— ПерепутАЛ, — повторила Ева, выделив последний слог, и потянула к себе клавиатуру. — Ты же в курсе, что разницу вычтем с тебя? — осведомилась она, уже не глядя на Оливера.

— Да уж какие тут сомнения, — попытался он съязвить в ответ, но вышло это как-то жалко.

Получив свою распечатку, парень горестно двинулся в сторону склада. Этот гадкий день, похоже, будет тянуться вечно.

ГЛАВА 9

— Вызывали, сэр?

Блэк оторвал скучающий взгляд от бумаг и остановил его на девушке, застывшей по стойке смирно в нескольких шагах от его рабочего стола. Скромно инкрустированный платиной стол из черного дерева был таким огромным, что даже в его необъятном кабинете места занимал достаточно. Он словно для того и служил, чтобы как можно больше отдалить посетителя от хозяина кабинета, будто намекая мелкой сошке на ее место. В этом помещении — с пятиметровым потолком, безукоризненно белыми стенами и черным гладким, натертым до зеркального блеска полом, посетитель и так чувствовал себя мышью под микроскопом, но стол значительно усиливал это ощущение. В конечном итоге визитер часто забывал о том, зачем сюда пожаловал, больше всего ему хотелось бежать или же просто испариться.

Но стоявшая напротив блондинка, похоже, была не из пугливых. За несколько лет службы у Председателя она уже адаптировалась и к его кабинету, и к нему самому.

Вильям Блэк посмотрел на девушку в упор:

— Тебе не кажется, Оливия, что ты слишком засиделась в большом городе? Не хочешь ли немного прогуляться?

— Почему бы и нет? — чуть приподняла одну бровь Оливия (у нее это забавно получалось). — Куда надо ехать? — осведомилась буднично.

— А вот это лучше знает некий господин Ардан, тибетский монах. У него свои мысли о составлении маршрута. Он взял у меня взаймы некий предмет... вполне вероятно — бесполезный. А может, и нет, все зависит от того, настолько ли этот монах сумасшедший, каким кажется. Думаю, было бы безопаснее и для старичка, и для моей вещицы, если бы ты сопроводила его в этом путешествии.

— Под ручку? — губ девушки чуть коснулась улыбка, но глаза продолжали смотреть холодно — светло-голубые, как две льдинки.

— Нет, ему не стоит тебя видеть, поэтому не вздумай посылать свою армию бездельников! Они его только напугают. А этот монах не должен сомневаться в том, что мы доверяем ему.

При слове «доверяем» Оливия не сдержалась от ухмылки, и ее милое личико сразу приобрело немного хищное выражение. Ухмыльнулся и Блэк.

— Доверие — это такая тонкая материя... что мне будет спокойнее, если ты посторожишь ее сохранность.

— Можно вопрос, сэр?

— Валяй, — кивнул Блэк.

Только в общении с самыми близкими из своих подчиненных он позволял себе немного фамильярности — это был особый показатель расположения. Остальные удостаивались неизменно ледяной вежливости. Но эта девушка, несмотря на молодой возраст, не раз успела доказать ему свою преданность. И дело, как ему говорило об этом его особое чутье, было не только в деньгах: ей самой нравилось чувствовать себя частью чего-то значительного и служить такому могущественному господину.

Это, конечно же, льстило, потому Оливия Берн чаще других приближенных удостаивалась от него бранного словца или колкого замечания, чем уже могла гордиться.

— Что это за предмет?

— Некий артефакт под названием Камень Дракона. С ним связана легенда: в определенное время и в определенном месте с его помощью можно вызвать Черного Дракона — воплощение равновесной силы.

— Дракона?! — теперь Оливия удивлялась по-настоящему.

— Именно, — снисходительно кивнул Блэк. — Во всяком случае, сумасшедший монах, кажется, искренне верит в легенду. Может быть, этот камень — не более чем булыжник, найденный на обочине дороги одним прохвостом и проданный какому-нибудь чудаку за приличные деньги. А может... Ну, вреда не будет, если монах на свой страх и риск испытает артефакт. А чтобы страх его не исчез, коль вдруг у него что-нибудь получится, ты будешь поблизости. И направишь на путь истинный заблудшую душу... Ты это умеешь.

Оливия сдержанно кивнула, скрывая улыбку. Да, именно убедительность была главной чертой блондинки, за что ее ценили в личной спецслужбе Председателя Блэка. Несмотря на изящную фигуру и средний рост, девушка очень доходчиво изъяснялась на общедоступных даже для самого отсталого аборигена языках карате и ушу. Обычно понимали ее с первого удара. И сегодняшнее задание — охранять какого-то полоумного монаха с булыжником — было сродни поездке на курорт.

— Я могу идти?

— Иди, — ответил Вильям. — Все о нашем подопечном узнаешь у Мэда.

Оливия, кивнув, быстрым шагом направилась к двери, снова оставляя Председателя в одиночестве.

Вильяму почему-то вспомнилась их первая встреча. Да уж, такое трудно забыть, когда твой начальник личной охраны, безукоризненно владеющий всеми видами оружия и мастерской техникой боя, после какой-то вечеринки является... с плохо замаскированным синяком под глазом! Изумленно разглядывая фиолетово-черное пятно на квадратной физиономии Мэда, Блэк тогда воскликнул:

— Очаровательно! Восхитительно! Кто сделал такое с тобой?

Двухметровый плечистый верзила только промычал себе что-то под нос и нахмурился. Но Блэка такой ответ не устраивал.

— Приведи его ко мне! Сегодня же! — заявил он тоном, не терпящим возражений. — Я должен посмотреть на этого умельца!

Тем утром Вильям отметил, что еще не потерял способность удивляться. Однако настоящий шок ждал его ближе к вечеру, когда Мэд, мрачнее тучи, затолкал прямо в его кабинет тощее создание с безумно торчащими в разные стороны волосами фиолетового цвета и густо подведенными черным глазами дикой кошки. Охранник грубо толкнул девушку вперед — она чудом не упала, ловко сохранив равновесие, лишь скрипнула носком рваной теннисной туфли по блестящему мрамору.

— Что это? — не понял Блэк, брезгливо скривив рот в гримасе отвращения.

В ту же минуту ходячее недоразумение прыгнуло на стол Блэка — так молниеносно, что Мэд не успел ее остановить. И в следующую долю секунды сонной артерии Председателя коснулось острие небольшого канцелярского ножика.

— Прикажи этим уродам отпустить меня, иначе будет дырка — вот здесь, — девчонка легко кольнула кончиком ножа шею Блэка, который просто округлил глаза от удивления.

Он жестом остановил Мэда, бросившегося на помощь, и еще десяток парней в черных костюмах, которые вдруг непонятно откуда возникли в кабинете.

— Тихо, тихо... — прошептал Председатель. — Черт побери, вся моя охрана... а это... ой....

Плечи Блэка затряслись. Нападавшая удивленно уставилась на свою «жертву». А он просто смеялся — долго, до слез.

— Ну, ребята... Лихо она вас всех... А ты — слезь со стола! Это некультурно, — отсмеявшись, приказал Председатель.

Он аккуратно убрал руку девушки с ножом от своего горла. Та немного растерялась, но продолжала сохранять спокойствие, хотя была уже и не так уверена: вид десятка стволов, направленных на нее со всех сторон, склонял к рассудительности.

— Как тебя зовут? — спросил Блэк, разглядывая ее с нескрываемым интересом.

Рваные джинсы и белая майка. Лет ей было не больше восемнадцати-девятнадцати.

— Оливия, — ответила та, не сводя взгляда с направленного на нее оружия.

Охранники в одинаковых черных костюмах напоминали беззвучные тени.

— Это ты его... так? — Вильям весело кивнул в сторону Мэда.

— А нечего... руки распускать! — огрызнулась малышка.

— Очаровательно! — продолжал восхищаться Блэк. — Кажется, ты по адресу, Оливия. Давно мне хотелось немного, э-э-э... разнообразить свою охрану. Будешь работать у меня?

— А сколько платишь? — не растерявшись, босячка отбросила бесполезный канцелярский ножик и с гордой физиономией сложила руки на груди.

— Достаточно, — мягко кивнул Блэк. — Если, конечно, докажешь свою полезность.

— Что делать надо? Замочить кого-нибудь? — деловито осведомилась она.

— Ну, это еще успеется. Пока немного подучишься некоторым вещам... и в том числе — манерам.

Девица пренебрежительно фыркнула, но возражать не стала. Кажется, на нее произвела впечатление властная аура этого странного человека из не менее странного кабинета. Воспитанная улицей, Оливия умела быстро определять вожака в любой стае — иначе нельзя, вопрос выживания. И теперь чутье подсказывало, что у нее появился шанс заиметь очень большие возможности... И таких же размеров проблемы. Но одно без другого в жизни встречалось редко.

— Семья у тебя есть? — осведомился Блэк, и шкафоподобный Мэд внимательно посмотрел на шефа поверх темных очков: ему редко доводилось видеть хозяина таким участливым.

— Можешь считать меня сироткой, — хмыкнула девушка, а Председатель обратился к Мэду:

— Отведи ее к Сенсею, пусть займется. И, пожалуй, потом — к мадам Жэно... Пускай и она приложит руку. Посмотрим, что выйдет из этого сорняка...

О своем решении жалеть ему не пришлось: очень скоро эта барышня, оставаясь незаметной там, где его другие отморозки неизменно засветилась бы, доказала свою полезность. Самой же Оливии не так были страшны жесткие спарринги с Сенсеем, как уроки мадам Жэно, которая обучала ее правилам поведения в обществе... Но и то и другое пошло ей на пользу — и сейчас, наряду с Мэдом, девушка была одним из доверенных лиц Председателя. Хотя отношения с начальником его личной охраны и поныне оставались прохладными.

ГЛАВА 10

Каждый новый рассвет Ардан встречал с надеждой, что именно сегодня он заполучит вожделенный артефакт. Однако время шло — и все безрезультатно...

Но вот как-то утром одного обычного дня на улице к нему подошел огромный верзила с лицом, напоминающим маску каменных идолов с острова Пасхи. Он просто сунул монаху в руки обычный бумажный пакет — и в следующую секунду исчез. Наконец-то свершилась мечта Ардана — он получил Камень Дракона! Не мешкая, он тут же отправился в путь, ведь и так ждал слишком долго...

Камень оказался на вид простым булыжником неопределенного серо-бурого цвета. Никаких особых вибраций от него пока не исходило. И все же он почему-то хранился у самого Блэка — темной лошадки преступного мира, человека, которого боялись даже самые опасные мафиози, а следовательно, этот камень явно необычный. Поэтому стоило немедля найти подходящую зону, где он сможет активироваться. Таковых было несколько — мести́ древних святилищ, по большей части — давно заброшенных руин, но, тем не менее, не потерявших энергии. Расположенные на пересечениях линий силы, они словно ждали своего часа, чтобы проснуться. У Ардана имелась карта с обозначением таких мест (уф, и вспоминать не хочется, на что он пошел, чтобы раздобыть ее!) — ближайшая точка была в сравнительно небольшом городе, разделенном рекой. Поездом туда — всего несколько часов пути...

Монах уже вышел на перрон, но все никак не мог успокоиться. Неужели его мечта, самая великая за всю жизнь, так близко? Он поминутно ощупывал сквозь тонкую ткань тощей сумки свое сокровище: от неровных изгибов камня, казалось, исходил легкий холодок.

— Ой, прошу прощения! — вскрикнула какая-то девушка, неосторожно налетев на него и едва не сбив с ног.

— Ничего страшного, — пробормотал Ардан.

Ему было не до рассеянных девиц. Все мысли сейчас вертелись вокруг главного вопроса: правильно ли записал заклинание? Особенность древних иероглифов, которые он смог разглядеть на полуистлевшем от времени свитке, в том, что их значение (как и произношение) зависит от начертания отдельных мелких деталей, а они на древнем папирусе затерлись.

— Надеюсь, я все понял верно, — бормотал Ардан, пытаясь внести спокойствие в свои растревоженные мысли. — Кажется, сам великий Дух Дракона ведет меня по этому пути, открывая двери! Так что ошибка здесь исключена.

— ...Ошибка ТЕПЕРЬ исключена, — довольно хмыкнула Оливия, щелкая кнопками маленького приборчика.

Жучок отлично прикрепился к одежде монаха, позволяя не только слышать все звуки рядом с ним, но и определять, на каком расстоянии находится объект, с точностью до нескольких метров. И нет необходимости постоянно держать «подопечного» на виду.

Похожий на мобильный телефон, приборчик не привлекал внимания — так же, как и наушник в ухе одиноко путешествующей любительницы музыки.

Оставалось только сесть в поезд.

ГЛАВА 11

— Это черт знает что такое! Ты когда должен был отвезти заказ на Лейк-стрит?! — надрывно вопила трубка голосом Евы, и Оливер невольно поморщился.

Ей бы зазывалой работать на блошином рынке — отбою бы не было от покупателей. Она бы их просто глушила своим визгом, как рыбу.

— Ты меня слышишь?! — переспросила трубка, вырвав юношу из размышлений.

— Так точно, командир! — негромко ответил он.

— Что ты сказал?! — трубка зашипела настолько яростно, что Оливер подозрительно покосился на свой телефон: не закапает ли оттуда, часом, яд?

— Слышу плохо, сказал... — устало выдохнул он. — Ну, Евочка, сжалься — седьмой час уже, а если еще искать неведомо где этот заколдованный адрес...

Расчет на доброту душевную менеджера был не ахти какой, и все же, как известно, надежда умирает последней...

— Или ты едешь, или я ставлю вопрос перед шефом! Или ты, или...

— Ладно-ладно, сдаюсь, — капитулировал лузер «Сити групп», мысленно поставив крестик на могилке невинно убиенной надежды провести вечер пятницы в приятной атмосфере какого-нибудь клуба. И добавил: — Но только ради тебя!

— Ради меня?! — по ту сторону прозвучал смех. — Да на тебе уже столько грехов, Оливер Смит... Сейчас же отправляйся по адресу! И не забудь извиниться перед клиентом за опоздание. Соври что-нибудь. Ты же в этом мастак, — ядовито добавила Ева. — Приятных выходных!

— И тебя туда же... И тебе того же, говорю! До свидания, — наконец он завершил неприятный разговор и, выдохнув, бросил трубку на пассажирское сиденье. Уж лучше ехать в пятницу вечером непонятно куда, чем еще раз выслушивать ее болтовню.

На сей раз Оливер проверил наличие заказа: тот никуда не делся за эти три дня, спокойно поджидая своего часа на заднем сиденье пикапа. Парень решил разделаться с последней точкой как можно быстрее. Даже, отступив от принципов, включил навигатор: заблудиться за городом невесть где, в то время как другие уже вовсю веселятся и отдыхают, не очень-то хотелось. Еще и погода не вызывала особого доверия: с самого полудня небо заволокло низкими тучами — сизыми, словно их кто-то тщательно раскрасил простым карандашом. Того и гляди польет дождь...

Навигатор «порадовал»: Лейк-стрит, которая на окраине Мидлтауна, завершалась домом под номером 76, продолжилась за городом двойным рядом небольших частных домиков. На одном из них значился нужный номер — 104. Но чтобы добраться туда, предстояло либо ехать по объездной дороге не меньше двадцати лишних километров, либо топить прямиком через лес. И хотя навигатор показывал эту тонкую полосочку, рассекающую на карте зеленое пространство, как асфальтированную дорогу, чутье намекало: она вполне может оказаться грунтовой. Между прочим, преодолевать лишние препятствия в пятницу вечером ужасно не хотелось! Да и тучи немного рассеялись... Почему бы и не рискнуть?

Белый пикап устремился к выезду из города. Кудрявые силуэты деревьев красовались на фоне рано темнеющего неба: мидлтаунский парк, переходящий в обычный лес.

Немного поплутав среди парковых проездов, Оливер отыскал дорогу, на которую указывал навигатор, — она была с асфальтовым покрытием.

Но радость длилась недолго: за аллеей из декоративных голубых елей — символической чертой города — закончился и асфальт. Правда, для пикапа отсутствие дорожного покрытия не являлось проблемой: машина продолжала ехать плавно, продвигаясь как диковинный белый корабль среди колышущихся зеленых волн. Только воздух здесь был не морской, соленый и влажный, а лесной — плотный, насыщенный эфирными маслами хвои, ароматами мха и листвы.

Снова погрузиться в свои мысли на этот раз не вышло. Непривычные городскому жителю звуки леса, атакуемого порывистым ветром, почему-то вызывали неясную тревогу. Очутиться бы сейчас подальше отсюда, где-нибудь за уютным столиком, слушать модную музыку, а не это странное завывание: то ли ветер в вершинах сосен, то ли волки...

«Волки на окраине Мидлтауна?» — такая мысль показалась смешной; вероятно, рабочая неделя и впрямь была тяжелой, если воображение рисует невесть что.

«А может, причина в другом? — шепнул внутренний голос. — Может, все потому, что я не видел Алекс целых три дня?»

Почему-то рассердившись на самого себя, Оливер постарался думать о чем-то другом и включил на полную громкость радио.

«У-у-у, на-на! У-на-на!» — зазвучало, запульсировало в салоне, выдавая мощные волны баса.

— У-у-у, на-на! У-на-на! — и себе начал подпевать Оливер, пытаясь перекричать подкрадывающуюся тоску. — У-у-у, на-на! У-на-на!..

ГЛАВА 12

Ардан вздрогнул, как от удара, и рывком вышел из медитации.

— Ужас! И это они называют музыкой? — охнул старик, растирая ноги, затекшие от долгого неподвижного сидения.

— У-на-на! Ча-ча-ча!

Из воздуха материализовалась синяя сова и запрыгала вокруг монаха, ритмично потряхивая хвостом. Он даже не удостоил ее взгляда, все внимание сосредоточив на вселенских знаках, — следовало отыскать и расшифровать их. Но знаков особых не было: разве что хмурые дождевые тучи собирались над головой, скрывая небо своими свинцовыми рыхлыми боками. Если это знамение, то весьма неблагоприятное, предвещающее мрачный прогноз. Однако едва ли можно считать знаком обычное явление природы. Ну в самом деле, не может же быть Вселенная против задуманной им великой миссии!

Да и то, что его за время медитации неслабо покусали муравьи, — тоже всего лишь совпадение.

На коленях у монаха покоился Камень Дракона — все такой же безжизненный и серый, как и раньше. От холодного ветра он стал казаться еще более стылым — вот единственная перемена, произошедшая с ним.

— Ну что, ничего не получилось? — спросила псевдосова, оставив свои танцы и подлетев ближе.

— Откуда ты знаешь, что не получилось? — рассердился Ардан. — Для этого нужно время!

— А ты уверен, что место выбрал правильно? Тут же ничегошеньки нет! Обычная поляна, еще и у самой дороги, —

взбалмошная птица на сей раз, кажется, не издевалась, а действительно хотела помочь.

— Уверен! Я выбрал место точно по карте. И время — тоже подходящее, на растущей луне, Сатурн в Козероге, Венера в квадранте Девы...

— Квадра... чего?

— Девы! И вообще, не мешай мне сосредоточиться! — шикнул Ардан на пернатое нечто, после чего снова попытался уйти в медитацию, закрыв глаза.

«С кем это он разговаривает?» — заинтересовалась Оливия и осторожно свесилась с ветки.

Монах сидел один, обхватив руками озябшие щуплые плечи. Ни рядом с ним, ни поодаль — никого.

— Точно сумасшедший, — со вздохом пробормотала девушка, принимая прежнюю позу.

Только полный идиот поперся бы в лес сразу по приезду в город — ни пообедать, ни хотя бы душ принять! И ей, конечно же, пришлось волочиться за ним следом. То, что казалось вначале забавной прогулкой, начинало заметно раздражать. Вот и сиди теперь тут в сумерках на ветке, как птица, и жди неведомо чего. Этот болван может проторчать здесь и до утра, кто бы сомневался! Он же монах, у него все страсти укрощены. И живот, наверное, не сводит от голода... Он и неделю просидит в медитации, что ему сделается! А вот ей в таком случае придется отращивать когти, чтобы незаметно лазать по деревьям и охотиться на птиц.

Новый порыв ветра оказался еще более холодным — в своей тоненькой курточке Оливия успела изрядно продрогнуть. Хорошо хоть джинсы и обувь оказались подходящими для этой «прогулки». Да, но на такую погоду она явно не рассчитывала.

В мерный шепот листьев добавился еще какой-то новый звук, частый и дробный. Прошло несколько секунд, прежде чем она догадалась, что это...

— Дождь!

Оливия яростно отряхнула с волос первые тяжелые капли. Только этого не доставало — промокнуть насквозь в чужом лесу, в темноте, вдали от города!

— Сама просила душ, вот теперь и радуйся... — прошипела девушка, почти с ненавистью выискивая глазами оранжевое одеяние монаха.

Тот, казалось, даже не почувствовал дождя, во всяком случае, он никак на него не отреагировал. Все так же неподвижно сидя на поляне с закрытыми глазами, он скорее был похож на скульптуру, чем на живого человека.

ГЛАВА 13

Бедный Ардан поник. Даже складки его балахона печально прижимались к телу. Это было неимоверно тяжело, почти неосуществимо — признаться себе, что у него ничего не вышло.

С неба лил дождь, усиливаясь с каждой минутой. Он был злой и холодный, заползал за воротник, бил сырой влагой прямо в глаза.

— У меня ничего не выходит... — еле слышно прошептал монах синей птице, которая снова оказалась рядом.

— Почему ты так решил? — удивилось чудо в перьях. — Из-за этого ливня? Так сразу было видно, что его не миновать — вон тучи какие жирные ползали... Ты-то здесь при чем со своими квадрантами?

— Ты так думаешь? — с надеждой поднял взгляд Ардан.

— А чё тут думать! Ушиваться надо отсюда, и поскорее, пока все перья не намокли. Потом придешь по нормальной погоде и тогда будешь вызывать — за кем ты там соскучился. И никуда твои квадранты не денутся!

— А ведь правду говоришь! Если это и есть знак свыше? Знак, что я неверно выбрал время для ритуала, — враз оживился монах. — И что надо все перепроверить и попытаться снова!

Он подобрал свой камень и поднялся с земли — уже изрядно промокший.

— Идем пока в город, а там видно будет.

— Молодец! — крякнула птица, запрыгивая в сумку Ардана.

Монах торопливо устремился в сторону дороги, пока лесная почва под ногами еще не раскисла окончательно.

Небо над головой все сильнее наливалось свинцом. Резко потемнело. Разгулявшийся ветер с силой тряс настороженные перед грозой деревья, отчего те казались живыми. Свет фар выхватывал из темноты пляшущие тени, которые встречали Оливера уже на подъезде к лесу.

Еще не поздно было вернуться, но экспедитор фирмы «Сити групп» хотел поскорее разделаться с этим заказом.

Наконец-то он доставил последнюю коробку с товаром по назначению. К счастью, заказчик принял его без лишних слов. Теперь можно было уже никуда не спешить — разве что домой, где его ждал один лишь кот да недоеденная пицца в холодильнике. Но, глядя на проносящиеся за окнами пикапа черные тени веток, Оливер вдруг почувствовал нечто необычное: что-то сродни духу романтики, тяги к приключениям и неизведанным ощущениям. Ситуация, до сих пор вызывавшая в душе только раздражение, сейчас привлекала своей необычностью. Не так часто попадаешь в ночную грозу, да еще в лесу! Все это напоминало сверхреалистичную компьютерную игру, где он был главным героем. Только вместо клавиатуры игра управлялась при помощи руля.

Парень решительно прибавил газу — пикап рванул к лесной чаще. Едва он оказался в лесу, как сверху по крыше автомобиля застучали первые тяжелые капли. Неуверенное постукивание через пару минут переросло в гулкую барабанную дробь, отчего-то пробудив в сердце юноши ничем не подкрепленную радость.

Он нажал кнопочку автомагнитолы, усилил звук, и, в противовес бодрому настукиванию снаружи, внутри зазвучал, переливаясь мягкими басами, немного рваный мотив песни.

— Crash! Boom! Bang! — громко подпевал Оливер, не стесняясь, ведь услышать его сейчас было просто некому.

Однако в следующую секунду его пикап, разбрызгивая вокруг себя холодную жижу, затормозил всеми четырьмя колесами — словно перепуганное животное, резко остановившееся на полном бегу.

Опять его спинной мозг оказался проворнее головного: автомобиль застыл на месте прежде, чем молодой человек успел поверить своим глазам — настолько неожиданной была представшая перед ним картина. Посреди уже раскисшей от ливня дороги, в ореоле бешено танцующих теней стояла девушка. Она совсем промокла и, кажется, дрожала от холода.

Юноша распахнул дверцу авто. Оставить в ночном лесу под дождем одинокую дрожащую бедняжку — на такое способен лишь самый отъявленный негодяй, но никак не он, пикапер, славный парень и просто отзывчивый человек.

— Садитесь!

— Благодарю! — девушка ловко запрыгнула на сиденье.

Вода ручьями сбегала с ее тонкой джинсовой курточки, промокшей насквозь, и с легких туфель. Отряхнув рукой коротко стриженый ежик светлых, почти белых волос, она испытующе посмотрела на Оливера. От пристального взгляда ее ярко-голубых глаз ему стало немного не по себе.

— Как вы оказались в таком месте в такую погоду? — лихорадочно вспоминая уроки на курсах, как можно увереннее спросил парень.

— Гуляла... — неопределенно махнула рукой она.

Незнакомка не казалась ни напуганной, ни обрадованной своим неожиданным спасением.

Пока попытавшийся завязать светскую беседу пикапер вещал ей что-то о погоде, она спокойно достала из кармана мобильный странной допотопной модели и нажала несколько кнопок. Наверное, телефон намок, поэтому не включался. Оставив попытку позвонить, девушка взвесила аппаратик на ладони, задумалась на пару секунд, а потом просто забросила ненужную штуку в небольшой рюкзачок на плече.

Миниатюрная игрушка на приборной панели — оранжевый динозаврик с крошечными лапками и коротеньким хвостом, не удержался на месте и спрыгнул прямо на колени девушке. Ловким движением блондинка подхватила его и вернула на место.

— Красивая гроза, — словно размышляя вслух, сказала вдруг она.

— Только красоту эту лучше наблюдать из-за плотно закрытого окна хорошей машины, — усмехнулся Оливер.

Девушка, взглянув на него, повела хрупким плечиком.

— И мне сейчас нужна гостиница... Подойдет, наверное, любая.

— Кажется, я знаю...

А что именно знал Оливер, его спутница уже не услышала: пересиливая шум дождя, с ужасным ревом и свистом, прямо над ними завибрировало нечто. Звук нарастал стремительно, заставив дребезжать не только стекла автомобиля, но и его корпус. Похоже, машина задрожала всем своим металлическим телом, будто испуганный зверь.

— Что это?! — выдохнули парень с девушкой в один голос, настороженно переглянувшись.

С подобным звуком с неба мог падать разве что самолет.

Но в следующий миг вспышка света и ужасная волна жара от взрыва заполнили собою все...

ГЛАВА 14

Оливия проснулась. Не открывая глаз, сделала вдох — дышать было тяжело. Сквозь полуприкрытые веки пробивался солнечный свет, откуда-то издалека долетал обычный шум города. Она попыталась встать, но не смогла: руки и ноги были будто спеленаты. Чувствуя себя гусеницей в коконе, девушка замерла, чтобы обдумать возникшую ситуацию.

«Вот тебе и прогулочка за город», — всплыла первая мысль вместе с волной тревоги, которую, однако, Оливия привычно подавила волевым усилием. Она жива. Это уже хорошо. Осторожно пошевелила пальцами — боли не было, значит, цела. Это хорошо вдвойне. У кого в плену она сейчас — разберется по ходу пьесы. И первым действием будет — новая попытка освободиться.

Медленно, чтобы не привлекать к себе внимания, Оливия чуть приоткрыла один глаз. Странно. Она в каком-то светлом помещении, за окном, кажется, уже день. Никаких отморозков рядом не наблюдается. Впрочем, веревок на себе она тоже не ощущала. Чем же тогда ее замотали?

Сгруппировавшись, блондинка одним быстрым движением ударила одновременно руками и ногами по своему кокону изнутри и... слетела с дивана. Приземлившись на пятую точку всего на секунду и тут же подпрыгнув, приняла оборонительную стойку по всем правилам боевого искусства.

Впрочем, оценил ее прыжок лишь откормленный черно-белый котяра: он с интересом уставился на новое явление в доме, где явно чувствовал себя главным.

Девушка удивленно огляделась: она в обычной квартире, разве что в ней царил отъявленный беспорядок. А кокон, сковавший ее, — просто большое рыжее одеяло, теперь валявшееся на полу возле дивана. Именно здесь, в окружении множества пустых бутылок и банок, она и провела ночь. Диван стоял перед телевизором. Коробки из-под пиццы и еды из китайского ресторанчика сгрудились тут же. Да-а-а, женщины здесь точно не водятся... Но и на бандитское логово не похоже. И еще этот кошак...

— Эй, ты кто? — негромко обратилась к нему Оливия.

Кот подошел ближе, но погладить себя не предложил, а потом направился куда-то и, остановившись на пороге, вопросительно взглянул на гостью, словно спрашивая — ну, ты идешь?

Делать было нечего, она решила воспользоваться приглашением пушистого хозяина квартиры — во всяком случае, другие пока не нарисовались. Хотя...

Оливия услышала подозрительный звук из-за приоткрытой двери комнаты, куда осторожно заглянула. Кто-то там выводил рулады носом. Мирно храпящий светловолосый парень был ее «спасителем», появившимся вчера невесть откуда в лесу во время проливного дождя, и еще она вспомнила, наконец, что он предложил подвезти ее до города.

Девушка знала: ее внешность производит на мужчин обманчивое впечатление, и без зазрения совести пользовалась этим. Ну и правда, отчего бы не воспользоваться, если тебе хотят помочь, чтобы показать свою «круть» перед беззащитной милашкой? Да на здоровье! А в случае, если ее мнимая беззащитность вдруг развяжет кому-то руки, что ж... Кости со временем срастаются. И сразу возникает много свободного времени, чтобы подумать о жизни, — а что еще делать, когда ты с ног до головы покрыт гипсом?..

Правда, этот молодой человек не был похож ни на тайного агента, ни тем более — на похитителя. Тогда как она здесь оказалась?

Оливия сделала попытку вспомнить подробности вчерашней ночной прогулки, но почему-то все воспоминания заканчивались на пронзающем дождевую мглу свете фар и открытой дверце белого пикапа. И еще на этом парне, который сейчас спит перед ней на кровати — полностью одетый и даже в обуви.

Но не могла же она поехать с ним добровольно?! Для чего? Тут что-то не сходилось...

Прикрыв дверь в спальню, девушка на цыпочках прошла на кухню. Одного беглого взгляда вокруг было достаточно, чтобы убедиться: это действительно жилище одинокого холостяка.

«М-мяу!» — сказал кот, трогая холодильник лапой.

Оливия, открыв дверцу, взяла с полки банку с кошачьим кормом. Вытряхнула содержимое в миску на полу, пододвинув ее ногой к толстому, но явно голодному коту. Потом подумала и, достав салями, сделала себе сэндвич с ломтем уже черствеющего хлеба. В голове понемногу начало проясняться, но воспоминания о минувшей ночи по-прежнему оставались в тумане. Может, ее вчерашний спутник знает больше? Кто-то ведь замотал ее в одеяло, как младенца в пеленку!

Блуждающий взгляд Оливии переместился с кота на носки собственных туфель: вид они имели довольно жалкий — забрызганные грязью, с налипшими травинками и почему-то следами пепла. Одежда выглядела не лучше. Вспомнив нечто важное, девушка бросилась обратно к дивану, на котором проснулась десять минут назад.

Рюкзак лежал там же. Ее сменная одежда и кошелек — на месте, как и прибор слежения. Оливия быстро включила его и облегченно вздохнула: он работал исправно, показывая расстояние до объекта в пять километров. Чудесно! Значит, найти горе-монаха будет несложно.

Успокоившись, она, недолго думая, направилась в ванную. Раз уж проснулась в доме незнакомца, почему бы для начала не привести себя в порядок? Хуже точно не будет...

ГЛАВА 15

Проснулся Оливер от настырного стука в дверь. Приоткрыл один глаз, наощупь отыскал на прикроватной тумбочке будильник. Стрелки показывали начало десятого.

— И чего это Тому не спится в такую рань? — сквозь зевок пробормотал он, с трудом разлепляя второй глаз.

Но, едва на себя взглянув, парень тут же вскочил с постели. И было чему удивляться: еще ни разу, даже немного «пересидев лишнего» в пивном баре, он не позволял себе уснуть вот так — в одежде, куртке и туфлях в придачу!

— Это как же я? — пробормотал он, ощупывая тяжелую голову и пытаясь понять, нет ли повреждений.

Ничего не обнаружив, юноша подошел к припавшему пылью зеркалу и заглянул в него: из зазеркалья смотрело лицо — заспанное и небритое. Оливер потер ладонью темное пятно на щеке.

«Это что, копоть? — с удивлением подумал он, разглядывая похожие пятна и на своей одежде. — Что же такое вчера произошло?»

Но отвечать было некому. Память упорно отказывалась выдавать воспоминания о прошедшей ночи. Нетерпеливый стук повторился: от Тома так просто не отделаешься...

Натыкаясь на мебель, Оливер поплелся к двери. За ней действительно стоял его сосед — в фартуке, с озабоченным видом.

— Привет! Я случайно не оставлял у тебя большое блюдо для пирога? Оно мне сейчас...

Ботаник не договорил — его челюсть отвалилась, а лицо вытянулось от изумления. Он направил взор куда-то вглубь квартиры.

Не имея представления о том, что же могло так поразить Тома, Оливер повернулся... и замер с точно таким же выражением лица.

Из ванной комнаты лебединой походкой выплыла симпатичная блондинка. Как ни в чем не бывало, она направлялась к ним. Подхватив на ходу с табуретки в кухне небольшой рюкзачок, грациозно проскользнула в дверной проем мимо двух совершенно обалдевших мужчин, очаровательно улыбнувшись обоим сразу.

— Пока, — промурлыкала незнакомка и, чмокнув Тома в щечку, тут же легко побежала вниз по ступенькам.

Тишина запала минуты на две. Казалось, у обоих парней отняло дар речи. Только когда глухой звук входной двери подъезда возвестил о том, что дивное видение исчезло, Том повернулся к соседу.

— Почему ты не предупредил, что у тебя гостья? — укоризненно спросил он.

— Да я и сам... — промямлил озадаченный хозяин квартиры и снова ощупал голову: забыть, почему заснул одетый-обутый, Оливер еще мог, но вот не помнить, откуда здесь появилась ТАКАЯ девушка — это было уже слишком!

— Ага, конечно, еще скажи, что и сам не знал, — криво улыбнулся Том.

— Ну, в общем-то...

Оливер понимал: даже доверчивый приятель ему не поверит. И кто бы в это поверил!

— В общем, я не думал, что она так быстро убежит.

— И как ее зовут?

Оливер Смит честно пожал плечами — он знать не знал имени девушки, равно как и того, откуда она вообще взялась.

— Не помню...

— Ну да, проведенная вместе ночь — еще не повод для знакомства, — саркастично пробормотал Том. — Ты ведь у нас пикапер...

Он отвернулся и зашагал прочь, забыв о блюде, за которым приходил.

— Но поцеловала ведь она тебя! — выкрикнул Оливер в спину уходящему соседу и с неожиданной обидой захлопнул дверь.

А потом двинулся в сторону ванной — вдруг там еще кто-нибудь прячется?..

ГЛАВА 16

Уже оказавшись на улице и сверившись со своим датчиком, Оливия вышла к обочине дороги, чтобы поймать такси. Ей все еще было смешно: не каждый день видишь такие обалдевшие рожи! Правда, кажется, она поцеловала не того... Но какая разница? Она уходит отсюда навсегда и никогда больше не появится в этом грязном доме.

Одна лишь беспокойная мысль то всплывала на поверхность сознания, то уходила вглубь: похоже, этот парень, так же, как и она, не помнит вчерашних событий и понятия не имеет, откуда она появилась в его квартире.

— Какая-то коллективная амнезия... — пробормотала девушка.

Она взмахнула рукой, останавливая автомобиль с шашечками на желтом гребне.

Это сумасшедшее утро обещало явно необычный день...

В компании Тифона Оливер грустно доедал приготовленный Оливией сэндвич — девушка так и не съела его. Это действительно было странное утро: незнакомка в его ванной, он сам, уснувший почему-то в куртке и ботинках... Хотя, немного поднапрягшись, Оливер начал кое-что припоминать: кажется, именно эту блондинку он подобрал на дороге в лесу. Потом что-то произошло... Была страшная гроза... Возможно, он предложил девушке переночевать у себя и она согласилась? Но... Но почему тогда ничего не помнит?

Ко всему и Том обиделся непонятно на что. Ну и ладно — подуется и перестанет. Да еще потом принесет чего-нибудь вкусненького, чтобы поддобриться.

Голова до сих пор гудела. Хотелось просто растянуться на диване перед телеком и ни о чем не думать...

Комнату огласил телефонный звонок. Нехотя повинуясь «трубному зову», Оливер поднял мобилку — и удивленно вскинул брови: звонил Натан, охранник «Сити групп». С этим парнем они общались редко, но относились друг к другу по-приятельски. Натан, будучи студентом, нуждался в работе для материальной поддержки. Он был веселым и общительным, и с ним всегда интересно было поболтать. Но они не являлись настолько близкими друзьями, чтобы звонить друг другу просто так. Неужели на этой чертовой работе опять что-то случилось?!

— Алло...

Принимая звонок, Оливер ждал чего угодно, только не этого!

— Как это — нет на стоянке?! — заорал побледневший парень. — Ты же знаешь, я всегда...

Он рассеянно отвечал Натану, а в голове билась лишь одна мысль: а ведь действительно не помнит, как и когда оставлял служебный автомобиль на стоянке! Все воспоминания вчерашнего вечера словно покрыты коконом, сквозь который не проникают ни образы, ни звуки...

— Сейчас, подожди минутку!

Оливер лихорадочно ощупал карманы на одежде, затем метнулся в спальню. Брелок с логотипом фирмы тускло поблескивал на пыльной тумбочке, ключ был на месте.

— Натан, ты это... Я... В общем, я вчера... устал очень. В грозу попал и все такое. Поэтому ехать в офис уже просто сил не было, — затараторил он с покаянным видом, тем временем осторожно ощупывая ключ — на всякий случай. — Да, согласен, что надо было позвонить, извини... Сейчас пригоню машину на стоянку. Начальство отдыхает? Ну ладно. Ты только это... Ну хорошо, хорошо, уже еду!

Опустив трубку, Оливер шлепнулся просто на край кровати — и только теперь перевел дух. Это ж надо такое, и с самого утра! Повезло еще, что Натан дежурит — свой парень, лишнего начальству не скажет. Похоже, вчера Оливер перепутал все на свете: старенький седан не забрал со стоянки возле офиса, а прямо в пикапе прикатил домой. Придется ехать субботним утром на работу, чтобы поменять машины. Но это лучше, чем новая порция нравоучений от шефа: пожалуй, экспедитор его фирмы набит ими под завязку и больше в него не влезет.

Схватив ключ, юноша ринулся к двери — хорошо хоть одеваться не пришлось. Перед самым порогом задержался у зеркала, пригладил рукой растрепанные волосы — и вылетел на лестничную площадку.

Спустившись в подземный паркинг возле дома, где он обычно оставлял свой автомобиль, Оливер упорно продолжал искать всему какое-то объяснение. Он так легко выдумывал разные истории, а сейчас его собственная фантазия наотрез отказывалась работать, не давая возможности хотя бы представить причину странных событий. Единственное, что приходило в голову, — возможно, вчера он просто сильно устал и мозг на время отключился, как перегретый двигатель. Этот слабый довод немного успокоил его. Оливер уже с улыбкой подходил туда, где обычно оставлял свой старенький седан... И вдруг остановился как вкопанный: его место на стоянке пустовало. Никакого белого пикапа нет и в помине! Это катастрофа!

Оливер отчаянно вновь осмотрел всю площадку: на ней не было ни одного белого авто. Дрожащей рукой он достал из кармана бесполезный ключ и долго смотрел на него, пытаясь собраться с мыслями. Не паниковать. Не паниковать! О черт! Только не паниковать!!!

«Может, к этому причастна та самая девушка, которая так ловко убежала сегодня, ничегошеньки не объяснив? Самое время звонить в полицию!»

Оливер глубоко вздохнул и, не ожидая ничего хорошего, нажал на кнопку разблокировки дверного замка.

«Пик-пик!» — послышался знакомый звук совсем рядом, а бедный юноша чуть не подпрыгнул от неожиданности. Взглянул. Отвернулся. Протер глаза. Посмотрел: дверца открылась на стоявшем рядом пикапе... Но это был ЧЕРНЫЙ пикап!

Оливер еще раз вздохнул, закрыл глаза, вслух посчитал до трех и снова их открыл. Ничего не изменилось.

Он опять нажал кнопку: дверца послушно заблокировалась на том же черном пикапе. Опасливо подойдя ближе к незнакомому автомобилю, парень снова открыл его и осторожно заглянул внутрь. Ему еще не приходилось вот так запросто случайно открыть чужую машину. Но, когда Оливер бросил взгляд на сиденье, он едва сдержался, чтобы не заорать, как в сцене дешевого ужастика: там преспокойно лежала небрежно брошенная папка с документами — та самая, со следами пролитого кофе снаружи. Дрожащими пальцами парень открыл бардачок: вещи, валявшиеся в привычном хаосе, были его собственными!

— Так это что... моя машина? Мой белый пикап?!

Спасительная мысль загорелась в голове красной лампочкой: номерной знак! Как он не подумал об этом сразу!

Оливер взглянул на номер... На всякий случай обошел машину и посмотрел уже сзади. А потом — еще раз. Но от его лихорадочных дерганий ничего не изменилось: это был ТОТ номерной знак. Да, сомнений быть не могло — это был офисный пикап, на котором молодой экспедитор развозил товары клиентам. Только из белоснежного он вдруг превратился... в черный!

Оливер без сил рухнул на сиденье и застыл минут на пять, боясь пошевелиться. Чего еще можно ожидать от этого невероятного дня? Сначала он проснулся в своей кровати одетым и в туфлях, напрочь забыв, где и что делал накануне вечером. Затем из его ванной выплыла красивая блондинка, поцеловала соседа и пропала внезапно, как мираж. А сейчас вот — автомобиль, ключи от которого все время были у него, — за ночь сменил свой цвет на противоположный!

— Бред какой-то, теперь что, леприконы из-под капота полезут?

Но леприконов не было, и Оливер на всякий случай еще раз обошел машину со всех сторон. Она была абсолютно такой же — вот и недавняя царапина на крыле, и едва заметный скол на боковом зеркале — о нем, кроме самого водителя, никто не знал... Единственное отличие — пикап был на редкость чистым, словно выехал не из леса с болотистой грунтовкой, а только что из мойки.

— Блондинка принесла меня ко мне домой, уложила спать... Потом угнала машину, отвезла на мойку, перекрасила в черный цвет и... поставила на место. — Молодой человек улыбнулся. — Поздравляю вас, Оливер Смит, вы сошли с ума! Вам надо либо смириться с этим, либо звонить санитарам.

«А что если я — лунатик? — вдруг осенила парня спасительная мысль. — Быть лунатиком все же, наверное, лучше, чем сумасшедшим...» Он попытался припомнить, что обычно делают лунатики по ночам: ходят по улицам, забираются на крыши... Но не красят же служебные автомобили!

На всякий случай Оливер царапнул ногтем краску — та не показалась свежей. Словно так и было всегда...

— Короче! — он шумно выдохнул и постарался взять себя в руки. — Я не лунатик и не сумасшедший. Я как-то попал в другое измерение, которое немного отличается от привычного... Физики даже доказали это — что-то там с теорией струн...

Всю дорогу до офиса Оливер обдумывал идею насчет параллельной реальности. Она действительно представлялась ему правдоподобной. Когда начались странности? В страшную непогоду... Припомнился фильм, где в грозу произошло нечто подобное — люди там тоже попали в параллельную реальность. Правда, это происходило в Бермудском треугольнике. Но кто знает, может, у них тут есть свой, Мидлтаунский треугольник? И в грозу-то он и притягивает путников...

Уже подъезжая к офису, Оливер окончательно убедил себя, что именно так и есть, и самое яркое тому доказательство — то, что воспоминания его терялись, начиная с того самого места и времени — охваченного грозой мидлтаунского леса.

Сейчас такая мысль казалась даже привлекательной: может быть, теперь у него откроются какие-нибудь суперталанты? А что, если в этой реальности он не экспедитор, а начальник «Сити групп»? Почему бы и нет, должны же быть здесь еще какие-то отличия.

Уже в приподнятом настроении Оливер зарулил на офисную стоянку.

— Ничего себе! Это что ж ты с машиной сделал? — присвистнул Натан вместо приветствия, завидев черный пикап. — А шеф тебе голову не открутит? — добавил охранник уже с искренним интересом.

Из чего Оливер сделал сразу два вывода: во-первых — он, к сожалению, и здесь не босс, и во-вторых — машина и в этой реальности раньше была белой.

— Э... Это ты о цвете? — осторожно уточнил он. — Белым он был лучше?

— Лучше — не лучше, но по документам он белый! Ты меня, конечно, извини, приятель, но я вынужден буду доложить начальству.

— Вынужден — доложишь, — обреченно вздохнул Оливер.

И, еще раз взглянув на пикап, поплелся к своему седану.

Его собственный автомобиль, впрочем, остался таким, как и был, — неухоженным и старым.

Окинув прощальным взглядом черного красавца, Оливер вырулил со стоянки. Что будет рассказывать директору, он пока не знал...

ГЛАВА 17

В хорошем расположении духа Оливия отправилась гулять пешком по городу. Такси подбросило ее к самому центру, где располагался ряд высоких офисных зданий. Ее прибор показывал, что «объект охоты» находится неподалеку.

Вчера у блондинки было время удостовериться, что особенной прытью подопечный не отличается. Значит, она спокойно отыщет и догонит его в городе, по-прежнему не привлекая к себе внимания. Зачем за ним следить, Оливия не совсем понимала: монах выглядел не только безобидным, но еще и странноватым. Чего тут опасаться? Из всех заданий теперешнее было, пожалуй, самым простым — и это немного настораживало. Может, мистер Блэк успел в ней разочароваться, вот и сослал с глаз долой? Вроде бы ничего «такого» она не делала... Те два идиота, что напали на нее возле моста в Нью-Йорке, — не в счет! Отчего они решили, будто одинокая девушка — легкая жертва? Вот пусть в назидание теперь поплавают, глядишь — и станут паиньками. Ну, потом когда-нибудь. В следующей жизни...

Оглядевшись, она заметила маленькое кафе — один из столиков весьма кстати пустовал как раз возле большого окна с обзором центральной площади. Не находя повода для спешки, Оливия купила местную газету в киоске и отправилась в кафе.

Тут она в ожидании заказа поудобнее устроилась с чашкой кофе и газетой. По диагонали проглядывая полосы печатных строк, изредка отмечала для себя что-то интересное, достойное прочтения. Мидлтаун — не очень большой город, через который протекает речушка под названием Рест-Ривер. Оливия уже собиралась отложить газету, как вдруг обратила внимание на крохотную заметку «одним кадром». Плохое любительское фото зафиксировало на фоне ночного неба ярко-алый булыжник размером с футбольный мяч. За ним тянулся огненный след, напоминающий хвост кометы.

Вчера вечером в небе над мидлтаунским лесом случайно удалось заснять нечто. Что это — метеорит или шаровая молния? Снимок появился в одной из социальных сетей, в группе «Мы любим Мидлтаун».

Оливия нахмурила брови. Новость казалась пустяковой: шаровая молния — явление редкое, но не паранормальное. Да и когда же им быть-то, молниям этим, как не во время грозы? А гроза прошлой ночью разгулялась. Ну, фоткануло кто-то, молодец... Но чутье глубоко внутри почему-то заворчало, призывая быть внимательнее. Девушка достала смартфон. Найти «Мы любим Мидлтаун» и тот самый снимок не составило труда. Его действительно живо обсуждали, выдвигая разные версии — от инопланетной атаки до спецэффектов двинутого фотографа, захотевшего прославиться.

Она присоединилась к чату, на ходу придумав себе ник, и невинно спросила: где именно такая красивая штука появилась в нсбс?

Ожидая ответа, Оливия откинулась на мягкую спинку небольшого диванчика. В тот самый момент явился официант с подносом, заставленным едой.

— Сколько еще приборов принести? — вежливо спросил он, выставляя на стол омлет, салат с курицей, мясо под соусом, пирог с творогом и кувшинчик с морсом.

— Что? — девушка взглянула на него рассеянно. — Да, еще кофе принесите. И пару пирожных каких-нибудь.

И она снова углубилась в чат.

Официант, с сомнением посмотрев на миниатюрную Оливию, удалился за кофе и пирожными.

Ответ пришел, хотя и не сразу: местные уверяли, что все произошло возле полоски леса в узкой ее части, отделявшей небольшой коттеджный городок от самого города.

Ясно. На всякий случай стоило бы прогуляться туда после того, как она найдет монаха, а сейчас пришла пора выяснить расположение дешевых ночлежек поближе к центру — наверняка ее подопечный после вчерашних приключений мирно дрыхнет в одной из них.

Совместив изучение карты города с поглощением завтрака, Оливия живо расправилась с едой. Отправив в рот последнее пирожное, она поднялась из-за стола — рассиживаться было некогда. У официанта, который принес счет, округлились глаза, он как бы невзначай заглянул под стол: а вдруг эта блондиночка привела в приличное заведение какого-нибудь крокодила на поводке, мигом проглотившего все до крошки?

Но крокодила не оказалось, сама же странная посетительница уже спешила к двери.

— Не дай бог такую жену... Это ж сколько надо, чтобы ее прокормить? — пробормотал растерянный официант, собирая посуду.

А девушка уже бодро шагала куда-то по боковой улочке. Черная точка на приборчике не двигалась — значит, Ардан либо спал, либо просто отдыхал. Самое время разузнать, где он остановился, и найти его.

Но, как ни странно, Оливия прошла два небольших хостела и одну гостиницу, однако черная точка упрямо уводила ее в сторону. Наконец впереди показалось большое здание с широкими ступенями — его расположение точно совпадало с указанием прибора. Продолжая следить за ним, девушка легко поднялась по ступеням и резко остановилась, уткнувшись взглядом в вывеску.

Аккуратные буквы на синем фоне гласили: «Мидлтаунская центральная больница».

ГЛАВА 18

Кованые пики железных решеток вздымались высоко в небо; казалось — если туча в дождливый день опустится еще хоть немного ниже, то обязательно распорет себе брюхо. Пики украшали трехметровый забор, за которым скрывался от любопытных взоров небольшой замок Блэка.

Да-да, именно замок: дом строили по проекту древнего замка-крепости, изображенной на одном старинном пергаменте. Лучшие мастера, нанятые Председателем, смогли достоверно воспроизвести древнее строение, при этом снабдив его современными удобствами.

А вот проект «умного дома» для своего жилища Вильям разрабатывал сам, и уже совершенно другие специалисты строили под его за́мком несколько подземных этажей — в ультрасовременном функциональном стиле. Все работники были щедро вознаграждены своим нанимателем. Правда, воспользоваться деньгами им не удалось: самолет, на котором они возвращались в далекие родные края, странным образом исчез, его так и не нашли. Что ж, аварии случаются. Зато о тайных подземных этажах знал теперь только их хозяин. Ну и еще умный дом, разумеется, самый молчаливый свидетель. Как и Дина, его единственная служанка, — она от рождения была немой.

Дину отличало еще одно полезное качество: проживая в доме Блэка, девушка умела быть невидимкой и при этом исправно исполнять свои обязанности. Вся ее работа сводилась к тому, чтобы запрограммировать кучу роботов-уборщиков и присматривать за ними. С этой задачей служанка справлялась отлично, не тревожа своего господина без особого повода. Но сегодня, наверное, представился именно такой, потому что хрупкая фигурка возникла в коридоре, стоило хозяину переступить порог.

— Дина? — произнес Блэк вопросительно, не утруждаясь приветствиями.

Она отлично читала по губам и без лишних слов понимала его настроение по выражению лица.

Достав из кружевного белого передника униформы плоский маленький планшет, девушка забарабанила пальцами по чувствительной панели — так она обращалась к хозяину при надобности.

«У нас небольшая проблема», — появилось на экранчике.

Блэк скривился. Разбирать небольшие проблемы у него сейчас не было никакого желания, но бледное личико Дины выглядело таким взволнованным, что он смилостивился:

— Ну, что стряслось, отвечайте, Дина?!

Тонкие пальцы замелькали над панелью.

«Новый охранник, Робин. Он решил покормить ваших рыбок, сэр».

— Идиот! Кто ему вообще разрешил шастать по дому? — возмутился Вильям, читая дальше.

«Они откусили ему руку. И съели ее, сэр».

— Боже мой! — Вильям не на шутку испугался. — Рыбы отравились?!

«Нет, с ними все в порядке. А его забрали в больницу».

— Да, действительно, нехорошо, — кивнул Вильям и нахмурился. — Может быть несварение. Мои королевские пираньи не привыкли жрать всякую дрянь, — вздохнул он. — Дина! Влейте в аквариум обеззараживающее средство и наблюдайте за рыбами — если они станут вялыми, срочно вызывайте Чуан-Су! Только он умеет с ними обращаться. В прошлом году, когда они случайно слопали аквариумиста, он не дал им умереть от алкогольного отравления — тот тип был еще и нетрезвым, когда упал в аквариум! Помните?

Дина утвердительно закивала.

— Хорошо, бегите, спасайте моих бедняжек! И да, еще через полчаса позовете ко мне начальника охраны. Я его сам брошу в аквариум, если с моими рыбами случится хоть что-нибудь!

Блэк тяжело вздохнул. Опять этот треклятый «человеческий фактор»! Какой бы идеальной ни была любая схема, всегда найдется идиот, который сумеет сотворить проблему на ровном месте. И хоть роботам он доверял несравненно больше, чем людям, но совсем отказаться от охраны невозможно. И неразумно — подобные меры точно вызвали бы ненужные подозрения. Пусть охраняют — это всего-навсего дом, и тут нет ничего особо ценного. Ну, почти ничего — разве что одна из его коллекций.

Домов у него было несколько, однако лишь объект, расположенный в горах и оформленный на подставную фирму, действительно заслуживал серьезной охраны. И она там имелась в избытке — охранные услуги вкупе с предотвращением шпионажа стоили ему половины всех немалых средств, выделяемых на содержание лаборатории. Но даже если бы шпионам и удалось заглянуть в этот секретный объект, они узнали бы только, что группа ученых занимается разработкой новых лекарств для «Блэк Медикал». По сути, так оно и было. И в это свято верили сами ученые-разработчики, живущие на территории горного пансионата для сотрудников корпорации «Блэк Плэнет». Между тем в подземном сердце лаборатории проводились совсем другие исследования, о настоящей цели которых был осведомлен лишь узкий круг посвященных. В том числе — несколько ученых, чьи взгляды совпадали с идеями самого Председателя. Лучшие исполнители — те, что работают по собственным убеждениям. Такая преданность не покупается. И только ей стоит доверять — ели это вообще возможно.

Лифт опустил Блэка на минус второй этаж. Стоило дверцам раскрыться — и «умный дом» сразу разлил мягкий свет по всему этажу. Вильям оказался в большом овальном помещении, похожем на зрительный зал — с экраном во всю стену и несколькими мягкими креслами, а еще — сетью непонятных приборов. Как только хозяин подошел к креслу, приборы тут же включились с еле слышным жужжанием.

— Приветствую, господин, — отозвался глубокий мягкий голос, в котором, однако, явно звучали металлические нотки.

Вильям нарочно не хотел полностью «очеловечивать» своего электронного помощника, которого называл просто — Дом.

— Дом, свяжи меня с Башней, — коротко отдал распоряжение хозяин, усаживаясь в кресло.

— Связь установлена, — ответил Дом почти мгновенно.

Большой экран на стене засветился, и еще через минуту на нем появилось лицо человека неопределенного возраста, с очень темной кожей. Глаза за толстыми стеклами очков казались усталыми.

— Приветствую вас, Председатель! — первым поздоровался темнокожий мужчина в ослепительно-белом халате.

— Здравствуйте, Профессор, — ответил Блэк. — Как продвигаются наши дела?

— Проект «Фейерверк» на стадии завершения. Сейчас продукт проходит последние испытания. Возникла небольшая задержка... Один из лаборантов недостаточно тщательно следовал технике безопасности...

Вильяма передернуло.

— Опять этот человеческий фактор! Надеюсь, заражения не произошло?

— О нет, Председатель, не стоит беспокоиться, проблема решена.

— Вы позаботились о нем?

— Да, конечно... Ему оказали квалифицированную помощь. Труп уже кремировали, — добавил он шепотом, хотя в маленькой звуконепроницаемой комнате, куда Профессор, услышав звонок, немедля выбежал для разговора с боссом, подслушать его никто не мог. — Придется найти ему замену.

— Профессор, в вашем распоряжении целая лаборатория! Используйте всех, если нужно. Легенда та же — сверхсекретное правительственное задание. Только, умоляю вас, не хватайте снова молодых восторженных болванов! Отыщите кого-нибудь более спокойного. Нам нужны профессионалы! А кругом одни идиоты, — добавил он и покачал головой.

— Полностью согласен с вами, Председатель, — губы Профессора дернулись то ли в полуулыбке, то ли в полугримасе.

— Ладно... Держите меня в курсе, можете звонить в любое время. По срокам, я полагаю, у нас задержек не будет?

— Нет, — уверенно ответил собеседник. — Мы успеем вовремя!

— Надеюсь на вас, Профессор. До связи!

— До связи.

Экран, мигнув, погас, оставляя Вильяма в одиночестве и раздумьях. Одно из немногих доверенных лиц — профессор Кем, к которому он обращался просто Профессор, был руководителем секретной лаборатории. Только ему одному известно все об истинном ее назначении. Остальные же верили в изобретение новых лекарств. И при этом даже добились некоторых успехов. Пусть себе изобретают! Но главная «таблетка» от самого тяжелого заболевания Земли — перенаселенности — вызревала именно в лаборатории Кема, под его личным контролем. Он, когда-то выходец из нищего квартала Йоханнесбурга, понимал устремления Блэка, более того — чистосердечно разделял их. И это было настоящей удачей, ведь среди толпы талантливых и вместе с тем ужасно неорганизованных, своенравных и чудаковатых гениев найти кого-то рационально мыслящего — настоящий подарок судьбы. Таким даром стал профессор Кем. Четыре великолепные бактериологические бомбы, нафаршированные смертельным вирусом, вызревали под его опекой.

— Дом, а свяжи-ка меня с Блондинкой, — добавил Председатель. — Сейчас узнаем, какие новости у нее.

— Связь устанавливается, господин, — ответил Дом, и экран снова замигал.

Но прошло не меньше минуты, прежде чем на нем появилось лицо Оливии.

— Приветствую, сэр! — выпалила она.

Девушку окружала зелень — видны были колышущиеся ветки деревьев.

— Здравствуй, Оливия. Что у тебя?

— Выясняю, сэр. Наш с вами друг умудрился попасть под машину и теперь отлеживается в больнице. Пока — без сознания, но врачи говорят, что серьезных повреждений нет, кроме небольшого сотрясения. Хотя... — Оливия прервала себя на полуслове, явно передумав продолжать.

Однако шеф был в хорошем настроении, к тому же высказывания девушки обычно забавляли его.

— Говори!

— Хотя в данном случае диагноз мне не понятен! Для сотрясения нужны мозги, а тут... — эмоционально выпалила Оливия и смиренно добавила: — Думаю, он быстро поправится, сэр.

— Да уж, — хмыкнул Вильям, слегка разочарованный. — И что подтолкнуло тебя к таким выводам?

— Если человек сам с собой разговаривает, это еще как-то понять можно. Но когда он с собой еще и ругается вслух — это уже диагноз. Э... мне кажется, ему в другую больницу надо, сэр.

— Надеюсь, артефакт он не потерял? — спросил Блэк.

— Пока не смогла узнать — к нему не пускают. Но выясню это сегодня обязательно.

— А почему ты в лесу?

— Сторожить в больнице бесчувственного клиента — дело пустое, он и так никуда не убежит. А тут в соцсетях проскочила одна интересная новость... Про метеорит, который якобы упал в мидлтаунском лесу этой ночью. Даже снимок есть...

— Вот это уже интересно! — оживился Вильям и подался вперед. — А наш подопечный проводил свои ритуалы?

— Да, сэр, и главное, именно в том лесу. Я была неподалеку, могу сказать, что ничего необычного не видела. Потом началась гроза, и я вслед за ним убралась оттуда. А метеорит засняли позже. Скорее всего, это обычная шаровая молния, но... Лучше проверить.

— Обязательно! — подтвердил Блэк. — Если был метеорит, должны быть и следы. Ищите. Возможно, это именно то, что я и предполагаю. Однако выводы делать рано. Занимайтесь, Оливия! Жду вашего доклада завтра вечером.

— Есть, сэр! — коротко ответила девушка и отключила связь.

Вильям задумался. Конечно, он не слишком верил в успех Ардана. Между тем это известие о метеорите... Хотя нет, пока не стоит размышлять об этом. Из собственного опыта он знал: чтобы не разочаровываться в чем-то, лучше не очаровываться с самого начала. Время делать выводы придет тогда, когда появятся результаты.

— Дом, приготовь мне ванну! И поставь музыку... что-нибудь из классики.

— Исполняю, господин, — прозвучал в ответ металлический голос.

Блэк, оторвавшись от кресла, побрел обратно к лифту. Все-таки для переделки мира нужно много сил. А он сегодня устал...

ГЛАВА 19

— Небо пламенем горит: вот летит метеорит, — напевала себе под нос Оливия только что придуманную песенку, пробираясь через колючее кружево каких-то зарослей.

Она уже больше часа шаталась по лесу в надежде найти что-нибудь необычное. Но это необычное, если оно тут и было, упрямо не попадалось на глаза. Лес был совершенно спокойным, разве что немного влажным после нашумевшей грозы. И, бродя среди высокой травы, Оливия промочила ноги почти по колени.

Это задание с самого начала пошло не по плану, и хотя за свою непростую карьеру девушка давно привыкла к разным неожиданностям, сейчас чутье ей подсказывало: сюрпризов будет еще больше. Возможно, история с метеоритом — фейк: какой-то местный любитель фотошопа решил поразвлечься. Или просто случайно заснял шаровую молнию. Но в таком странном деле можно ожидать чего угодно, и версию все-таки стоило проверить...

Наконец Оливия выбралась на небольшую полянку в стороне от дороги — именно здесь сидел старый монах, склонившись над своим артефактом. На всякий случай она бегло осмотрела «место события» — ничего, кроме примятой травы. Как, впрочем, и на ближайший километр вокруг. Метеорит — не теннисный мячик, хотя размера может быть и такого. Но падает с огромной скоростью и сталкивается с землей с невероятной силой — он неизбежно должен оставить следы разрушения, которые не заметить просто невозможно. Если верить фотке, упал он где-то рядом с дорогой. И если сложить все вместе — получается, след оказался ложным...

Убедившись в собственной правоте, Оливия бодро зашагала обратно к дороге. Теперь не мешало бы привести себя в порядок после лесной прогулки, потом можно и наведаться в больницу — проверить своего незадачливого подопечного. Это ж надо — угодить под машину посреди леса ночью!

Уже занятая своими мыслями, Оливия не заметила, как оказалась рядом с обочиной. И тут ее внимание привлекло что-то на ветке дерева, в трех метрах над землей. Неестественный для леса ярко-оранжевый цвет бросался в глаза, вызывая в памяти какое-то смутное воспоминание...

Недолго думая, девушка свернула к дереву и решительно ухватилась руками за ветку. Ловко подтянувшись, она, словно кошка, вскарабкалась вверх, чтобы поближе рассмотреть оранжевое нечто. Им оказалась смешная игрушка — динозаврик с короткими лапами.

— И что ты делаешь на дереве? Неужели вьешь гнездо? — Она подхватила игрушку и начала вертеть ее в руках. — Постой, где-то я тебя уже видела...

Неожиданно в памяти всплыла картинка: дождь за стеклом автомобиля, с приборной панели ей в руки падает такая игрушка...

— Просто похожа на ту? Или она самая? — спросила Оливия то ли у динозаврика, то ли у самой себя.

Неожиданно очередное воспоминание вспышкой образов и звуков ударило по нервам: бешеный рев чего-то невидимого, звук удара, нестерпимый жар и взрыв огня, разлетающиеся во все стороны ошметки металла...

Девушка вскрикнула и, неловко взмахнув руками, полетела вниз.

ГЛАВА 20

К вечеру Оливер окончательно устал. Лежать на диване перед телеком — невероятно изматывающее занятие. На этот субботний день у него была куча идей и планов. Но после всех утренних событий, особенно свидания с Натаном, хотелось просто забраться поглубже в теплую берлогу и отключить мозг, в котором от перегрева мигали красные лампочки.

Оливер надеялся, что его сосед Том передумает злиться и появится у него, как обычно, с тарелкой чего-нибудь вкусного. Но сосед не приходил, и от этого становилось еще тоскливее. Впрочем, виноватым Оливер себя никак не чувствовал: наоборот, что за глупость — разозлиться из-за того, что у него появилась подружка?

Самому бы знать, кто она такая...

Однако вопросы оставались вопросами, сэндвичи закончились, и в компании Тифона он тупо следил за монитором компьютера: там супергерой, между завтраком и обедом, в который раз спасал мир.

Решив, что поближе к концу дня выберется-таки «в люди» и сходит в ночной клуб, парень с чистой совестью отключился часов в девять.

Его разбудил противный жужжащий звук.

Спихнув с себя кота (Тифон всегда спал, вытянувшись поперек кровати и при этом используя Оливера как подушку), все еще в полусне, молодой человек взглядом начал искать источник неприятного жужжания. Им оказалась телефонная трубка, переключенная в беззвучный режим. Она просто разрывалась, и, едва взяв ее в руки, парень ощутил всю напряженность нетерпения на том конце провода.

Кто может звонить ему? Оливер поискал глазами будильник — конечно же, его тут не было, но на самом табло телефона высвечивалось время — 03:16.

Ему стало не по себе — настолько, что он готов был отправить трубку на место и просто нырнуть под одеяло, зарывшись с головой, как в детстве, и спрятавшись от всех проблем, потому что звонок в начале четвертого утра вряд ли предвещал хорошее.

Но трубка не сдавалась — и дрожащей рукой Оливер нажал кнопку приема.

— Алло?

— Оливер! Это ты так развлекаешься?! — рявкнула трубка смутно знакомым голосом, и парень не сразу понял, что громовые раскаты посылает обычно спокойный и мирный Натан.

— Ты... о чем вообще? Начало четвертого! — и себе взорвался Оливер.

Недавний страх стремительно перерастал в злость.

— О твоей машине! — уже не так уверенно ответил Натан. — Она... Пропала со стоянки, — добавил он совсем упавшим голосом.

— Мой пикап! Пропал со стоянки?! А ты где был?!

Теперь они поменялись местами — и оправдываться пришлось Натану.

— Да я только к автомату за кофе сходил на пару минут. Выхожу — а машины нет. И главное, никаких следов проникновения: автоматический замок на воротах цел, шлагбаум не сломан, сигнализация не включалась. Вроде как тут побывал кто-то, у кого есть все разрешения и ключи. Я и подумал...

— ...Что мне нечем себя занять, как только умыкнуть посреди ночи служебную машину? Которую ты мне и так дал бы?

Оливер редко, но все же позволял себе такую слабость, как взять пикап для личного пользования, не на долго. И если бы он взял его, то точно бы помнил. В этот же раз он был уверен, что приехал домой на своей машине.

— Значит, если это не ты, тогда надо вызывать полицию... — жалким голосом выдохнул Натан.

— Надо, — согласился Оливер.

По правде говоря, ему было безумно жаль свой любимый пикап, который угнал какой-то ворюга. И, может быть, он никогда больше его не увидит...

— Я сейчас приеду, — сказал он приятелю неожиданно для себя и положил трубку.

На душе было тоскливо. Оливер поймал себя на том, что думает об автомобиле, как о старом друге, которого вдруг потерял.

Спустившись к паркингу, он автоматически нащупал в кармане брелок сигнализации и, достав его, уныло бросил взгляд на стоявший рядом с собственной легковушкой шикарный черный пикап — точно такой, как был у него...

Черный пикап?!!

Оливер, не веря своим глазам, бросился к машине — номерной знак снова оказался до боли знакомым. Открыть автомобиль не составляло проблемы — он уже был открыт. И ключ преспокойно торчал в замке зажигания. От неожиданности бедный парень со всей дури стукнул кулаком по сиденью.

— Кто это так играет со мной?! Ну, выходи, покажись!

Он начал озираться вокруг, ожидая увидеть неизвестного злоумышленника, который горазд на такие дурацкие шутки, но этаж подземного паркинга по-прежнему был тихим и пустым — только высоко под потолком красными огоньками помигивали лампочки камер наблюдения.

Осмотр самого автомобиля и бардачка подтвердил его мысли: из машины ничего не пропало. Кем бы ни был неизвестный угонщик, его мотивы до сих пор оставались неясными.

— Черт побери! Ну и что мне теперь с тобой делать? — спросил он у машины, тускло поблескивающей свежевыкрашенным боком.

Следовало позвонить Натану и успокоить охранника, но КАК объяснить ему появление злосчастного пикапа у себя на парковке, особенно после всех заверений о непричастности к пропаже авто...

Решив обязательно что-нибудь придумать по дороге, Оливер вздохнул и сел за руль пикапа.

Ночной город, поблескивая гирляндами разноцветных огней, казался тоже каким-то новым. Вероятно, потому, что в такой час — между поздней ночью и ранним утром, парню редко приходилось любоваться Мидлтауном. Сам город, кажется, еще дремал: лениво падал свет на асфальтные изгибы дороги, а предутренняя полупрозрачная дымка размывала контуры зданий, делая их мягче.

— Может, я и вправду в какой-то альтернативной реальности? — сам себя спросил Оливер. — Вот только проблем в ней гораздо больше, чем в прошлой...

Проблем действительно оказалось немало: едва подъехав к корпоративной стоянке, он заметил рядом с ней мигающие полицейские фары. Пришлось, натянув на лицо глупую улыбку (ничего умного за всю дорогу в голову так и не пришло), плести что-то о том, как захотел разыграть друга, но вот — немного переусердствовал. Он старался не смотреть в глаза Натану, который сделался вдруг отстраненным и замкнутым. Оливеру очень хотелось извиниться, несмотря на то что на самом деле извиняться было не за что. Чувствуя себя последним негодяем, он отвечал на вопросы полицейских. Потом прошел тест на алкоголь. Хорошо, что в ночной клуб парень так и не попал накануне, а то вопросов у копов оказалось бы значительно больше.

Уже рассвело, когда Оливер, уставший, злой и голодный, выбрался из такси возле своего подъезда. Выходные, на которые он возлагал столько надежд и планов, теперь катились со свистом в тартарары. Это ж надо — чтобы столько глупой нервотрепки выпало за столь короткое время!

Юноша поднялся к своей квартире. Переступив порог, поймал себя на том, что настороженно озирается: не ждет ли его здесь очередной сюрприз? Но встретил Оливера только Тифон — громко замурчав, кот бодро потрусил в сторону кухни, всем своим видом показывая, что неплохо бы наполнить кормушку.

Удовлетворив аппетит своего любимца, парень вернулся в комнату. И, немного подумав, выдернул телефонный шнур из розетки.

ГЛАВА 21

Приглушенный свет едва пробивался сквозь стекло больничного окна, выходящего в коридор. Ардан открыл глаза... и не смог понять, где находится. Что-то вытолкнуло его из мутного озера забытья, нечто важное, что он должен был немедленно вспомнить... Но почему-то не вспоминал.

Глубоко вздохнув, монах попытался приподняться. Тут же одна из теней отделилась от общего полумрака комнаты и нависла над ним.

— Кто вы?! — вскрикнул Ардан, напрягшись, словно готовясь к обороне.

Однако тень неловко шагнула в полоску света, и монах с удивлением увидел бледное девичье лицо — легкая полуулыбка порхала на тонких губах.

— Вы уже проснулись? — приветливо отозвалась девушка. — Я из соседней палаты, так сказать коллега по несчастью, зашла посмотреть, не нужно ли вам чего.

— Так я... в больнице? — неуверенно спросил монах, оглядывая себя в зеленой больничной пижаме.

— А вы что, ничего не помните? — удивилась девушка. — Ну, как вы сюда попали?

Тот, немного поразмыслив, отрицательно покачал головой.

— Не помню... Помню лишь, что вышел на дорогу, а дальше — вспышка света в глаза... И все.

— Бывает, — хмыкнула девушка то ли сочувственно, то ли слегка насмешливо. — Хорошо еще, что живы остались. Руки-ноги целы?

— Кажется, да, — не совсем уверенно ответил он, на всякий случай ощупывая свои конечности. — Голова только болит.

— Голова — не самая ценная часть тела, — снова пошутила незнакомка. — Я, кстати, Оливия.

— Ардан, — вежливо склонил голову монах. — А что случилось с вами?

— Короткий полет со скользкой ветки, — улыбнулась девушка, указывая на туго перетянутую бинтами ногу, — но перелома нет, просто вывих. Пройдет за несколько дней.

— Вы из этого города? — подумав, Ардан решил продолжить знакомство.

Едва выяснив, что с ним все в порядке, он тут же переключился на свою «основную волну» — миссию, так бесславно проваленную вчера. Ведь к ее выполнению нужно обязательно вернуться как можно скорее — не сегодня, так завтра — точно...

К радости Ардана, новая знакомая оказалась хоть и не местной, но такой же путешественницей, как и он сам, и тоже искала недорогое жилье на несколько дней, пока нога не заживет окончательно. Она уже нашла, по ее словам, неплохой хостел и предложила ему присоединиться к ней — вдвоем все-таки веселее.

Продолжая легкую беседу с девушкой, Ардан радостно отметил еще один факт: синее наказание в перьях не спешило появляться! Может, его травма повлияла благотворно и сотрясение мозга встряхнуло именно ту его часть, где гнездился ультрамариновый кошмар? Поэтому врача Ардан встретил в приподнятом настроении, спеша уверить его в том, что он совершенно здоров и его нужно срочно отпустить.

Завтра утром, если все будет в порядке, он сможет выписаться из больницы, заверили Ардана. Возблагодарив небо за столь благополучный исход приключения, монах сразу же после ухода доктора воодушевленно погрузился в медитацию. Однако через пять минут спал спокойным ровным сном без сновидений...

ГЛАВА 22

Мрачнее черной тучи, Оливер вырулил со служебной стоянки. Даже любимый пикап сегодня не радовал. Да и чему, собственно, радоваться? Бездарно профуканные выходные, ссора с единственным другом и хорошим приятелем-коллегой оставляли тяжесть на сердце. А голова до сих пор гудела от турбопромывания мозгов, которое устроил ему шеф за все и сразу. Тут припомнился и штраф за парковку, и регулярные жалобы клиентов, и — особенно — все «фокусы» со служебным автомобилем... Обычная лекция «Разгильдяйство на работе» заиграла новыми красками и закончилась последним предупреждением: если он еще раз выкинет нечто подобное... Ну и, конечно же, шеф не отказал себе в удовольствии выписать ему штраф за самовольное перекрашивание автомобиля.

Но худшим было то, что оправдаться перед начальством молодой экспедитор никак не мог: в его доводы все равно никто бы не поверил.

Решив больше не опаздывать, он честно составил график развозки и так четко ему следовал, что едва не забыл о девушке из «Нью Лук», исчезнувшей на несколько дней. Поэтому, когда запыхавшийся Оливер влетел, наконец, в кафе «Релакс», фигурные стрелки часов показывали уже без двадцати час.

Алекс он увидел сразу: она сидела за их обычным столиком с чашкой кофе. Улыбка играла на ее полных губах, а высокий хвост черных волос, как обычно, струился по стройной спине. Парень просто ликовал, поэтому слишком поздно заметил, что она не одна, и встретился взглядом с молодым человеком в узком галстуке и очках в тонкой стальной оправе. Тот сидел напротив девушки — тоже с чашечкой кофе, источавшей ароматный парок.

— О, привет, Оливер! — весело кивнула Алекс. — Как дела?

— Нормально... И тебе привет... — пробормотал он, сразу как-то скукожившись.

Недавняя радость сменилась горьким разочарованием, и от этого он испытал щемящую боль.

— Кстати, познакомься — это Тим, наш новый менеджер. Тим, это Оливер, он привозит нам косметические средства.

Оба молодых человека поздоровались друг с другом кивком головы, но ни один не подал другому руку для пожатия.

— Косметику? Интересно... — протянул Тим, разглядывая Оливера с плохо скрытой насмешкой. — И много заказывают?

— Достаточно, — холодно процедил Оливер.

Его растерянность сменилась злостью, которую он, как человек воспитанный, теперь пытался скрыть.

— Да, немало! Уверяю тебя, — затараторила девушка, чтобы как-то заполнить тягостную паузу. — Оливер каждый день доставляет заказы — и нам, и в соседние салоны... Правда, Оливер?

Тот лишь кивнул, изо всех сил стараясь казаться спокойным.

— Странно, что ваш салон выбрал именно этого поставщика, — добавил спутник Алекс, уже не скрывая презрительной усмешки при взгляде на соперника.

— Рад был тебя видеть, но мне пора бежать... — скороговоркой выдохнул Оливер, с натянутой улыбкой посмотрев на Алекс. Еще немного, и наглая физиономия этого хлыща за столиком заставит его забыть о хороших манерах... — Работы еще много...

И парень заторопился к выходу.

— Пока! Скоро увидимся! — бросила она беззаботные фразы ему вслед.

ГЛАВА 23

У Алекс появился бойфренд... Неотвратимость этого жестокого факта накрыла Оливера с головой. Ему стали вдруг безразличны все графики, клиенты, шефы и офис-менеджеры вместе взятые.

Тяжелой походкой он еле доплелся до своего пикапа, швырнул папку на сиденье, сел за руль и несколько минут не двигался, будто привыкая к новой информации, которая неожиданно оказалась очень болезненной.

— Если бы можно было выбрать реальность, в которой она меня любит... хоть немножко, — чуть слышно вымолвил он.

Конечно же, услышать его тихое отчаянье было некому — разве что безразличному красавцу-пикапу.

Дальше свое движение по городу Оливер продолжал, погруженный в какое-то полузабытье — полностью «на автомате». Если бы в конце дня его попросили описать кого-нибудь из сегодняшних клиентов — экспедитор «Сити групп» не смог бы этого сделать. И хотя заказы были доставлены вовремя, а платежки не перепутаны, удовлетворения от четко проделанной работы не ощущалось.

По пути к заправке он притормозил у пешеходного перехода: две симпатичные девушки, весело переговариваясь, переходили дорогу. Даже их задорный вид ничуть не добавил настроения, но из автомобиля вдруг раздался звук клаксона — низкий, вибрирующий, словно это был не автомобильный сигнал, а призывный клич веселого молодого слона. Обе девушки сначала удивленно обернулись, а потом, оценив и машину, и водителя по достоинству, весело помахали ему. Автомобиль прогудел еще раз — и рванул с места, взвизгнув колесами.

Вытаращив глаза, Оливер взглянул на свою руку: он мог бы поклясться, что не касался клаксона! Но и теперь ему бы никто не поверил.

— Это что такое творится?! — пробормотал он себе под нос. — Может, я стал героем какого-нибудь дурацкого телешоу и меня просто разыгрывают? Или моим пикапом кто-то управляет дистанционно?

Обе версии казались невероятными, но должно ведь найтись хоть какое-то объяснение всему этому кошмару! Решив как можно более тщательно осмотреть машину на предмет наличия встроенных камер или другой «пристроенной» техники, обескураженный водитель своенравного передвижного средства свернул к заправочной станции. Прокручивая в мыслях варианты правдоподобного объяснения случившегося, он отнес талоны на заправку, затем, вернувшись к автомобилю, потянулся к баку.

«Не делай этого!» — прогрохотало у него в голове так неожиданно, что Оливер едва не выронил заправочный шланг.

Он испуганно зыркнул по сторонам, пытаясь отыскать источник голоса. Но рядом никого не было: возле соседних заправочных колонок стояло несколько машин, водители которых преспокойно занимались своими делами, не обращая на парня никакого внимания.

— У меня едет крыша... — простонал Оливер, констатируя факт, с которым уже готов был смириться.

Покачав головой, он снова вернулся к процедуре заправки — открыл лючок бензобака, снял крышку и...

«Прекрати сейчас же! — громыхнул голос, и в его интонации явственно отразилась угроза. — Кому говорю!»

Обалдевший, просто выбитый из колеи, Оливер машинально протянул руку со шлангом в направлении бензобака — и автомобиль, обдав его облаком выхлопных газов, стартанул с места и понесся прочь, оставляя своего хозяина с заправочным шлангом в руке и глазами размером с чайные блюдца.

Теперь уже и других водителей заинтересовала эта ситуация: они удивленно глядели то на авто, то на оцепеневшего Оливера. Один из них хохотнул, видимо, подумав, что пассажир пикапа перебрался на место водителя, решив над ним подшутить.

Оцепенение, впрочем, продолжалось недолго: повесив шланг на место, парень бросился вдогонку за своим автомобилем, отъехавшим на приличное расстояние. Сейчас ему было абсолютно все равно, что и кто о нем подумает: речь шла о его пикапе!

— Ну, поймаю я этого шутника! Он так просто не отделается! — во весь голос выкрикивал угрозы Оливер, со всех ног бежавший за взбесившимся пикапом.

Как ни странно, тот неожиданно остановился — перед тем самым пешеходным переходом, который они проезжали несколько минут назад. По переходу, чинно помахивая хвостами, шли две собаки.

Этой минутной задержки парню хватило, чтобы долететь до машины и рвануть ручку водительской двери на себя.

Уже занесенный кулак провалился в пустоту: за рулем никого не было!

— Значит, все-таки на дистанционном управлении, — прохрипел незадачливый пикапер, с трудом переводя сбившееся дыхание и падая на водительское место.

Но едва он закрыл дверь, как раздался щелчок: это был звук блокировки дверного замка. Автомобиль, неподвластный воле Оливера, резко рванул вперед. Педаль газа испуганно вжалась в пол, и, сколько ни пытался парень выжать тормоз, машина на его попытки не реагировала. На бешеной скорости пикап пронесся по широкой улице города и свернул в сторону промзоны.

Судорожно вцепившись в руль, Оливер лишь испуганно наблюдал, как мелькали за окном темные силуэты зданий, — пока они не вылетели на объездную загородную дорогу. Не сбавляя скорости, пикап несся в сторону леса. Спустя всего несколько минут за окошком замелькали уже не дома, а стволы деревьев. Кажется, автомобиль соскочил с дороги и мчался в неизвестном направлении, углубляясь все дальше в лес, в самую чащу, на немыслимой скорости маневрируя между зарослями кустарников и нестройными рядами сосен. Подобное Оливеру доводилось видеть разве что в фантастических фильмах или в компьютерных играх. Кстати, именно компьютерные аркады давались ему с трудом: проходя лишь самые первые уровни, он безнадежно отставал там, где требовались сноровка и умение управлять на скорости.

Теперь же, немного расслабившись, парень широко открытыми глазами смотрел в лобовое стекло, как в иллюминатор космического корабля: сначала — с опаской, а потом — с возрастающим восторгом. Его пикап, отнюдь не маленький по автомобильным меркам, так грациозно преодолевал любые преграды на своем пути, словно их и не было вовсе. При этом стрелка спидометра испуганно вжалась в уголочек на самой крайней отметке — 150 миль в час.

— Ничего себе... Я бы так не смог, — признался Оливер сам себе, все еще отчаянно сжимая пальцами руль, будто спасательный круг.

Но уже через минуту невероятная сила инерции оторвала его от баранки — автомобиль развернулся и резко затормозил. Оливера отбросило вправо, после чего он вывалился в проем предусмотрительно распахнутой дверцы у пассажирского сиденья, и, кубарем прокатившись по густой жесткой траве, распластался, уцепившись пальцами за землю.

«А что ты вообще можешь?» — прорычал знакомый голос откуда-то сверху.

Потирая ушибленное колено и попутно ощупывая тело, парень медленно поднялся с земли, чувствуя на себе чей-то внимательный взгляд.

Черного пикапа, еще несколько секунд назад демонстрировавшего чудеса маневренности, больше не было. А на уровне глаз юноши бугрилось перекатами стальных мышц чешуйчатое нечто, название которому отыскалось в словаре современного городского жителя не сразу. И лишь запрокинув голову достаточно сильно, чтобы целиком взглянуть на трехметрового монстра, нависшего над ним, Оливер вымолвил, едва веря сам себе:

— Дракон?!

ГЛАВА 24

Битый час сидя в позе лотоса на полу своей комнаты, Ардан никак не мог настроиться на медитацию. Монах недоумевал: такого не случалось с ним уже лет тридцать — привычка управлять собой почти никогда не подводила. Однако в данный момент мысли прыгали, словно бешеные белки. И хоть как-то их утихомирить и настроиться на внутреннюю тишину он был не в состоянии.

Тогда, кряхтя, старик потянулся к сумке и достал оттуда Камень Дракона, но даже с его помощью не удавалось настроить себя на нужный лад. «Что я сделал не так?» — сверлила голову навязчивая мысль. Магический камень не выделялся ничем особенным: он напоминал бесчисленное множество других обычных камней. Между тем Ардан не сомневался в обратном, так как чувствовал силу, вибрировавшую в артефакте во время проведения ритуала. На один короткий миг камень даже потеплел и начал испускать еле видимый свет, но потом... Потом что-то пошло не так.

Монаху ничего не оставалось, как раз за разом перебирать в памяти все события, случившиеся в лесу. Ведь если он не успеет найти и исправить ошибку — кто знает, будет ли у него еще один шанс осуществить свое предназначение?

Мысленно он снова повторил всю процедуру вызова — каждый жест, каждое слово. И еще раз убедился: он не мог ни в чем допустить оплошности. Ведь всю очередность действий проделывал в своей голове бесчисленное количество раз — в мельчайших подробностях! Просчет исключен. Тогда что же могло помешать? Или он ошибся в самом начале?

Прикрыв глаза, монах четко увидел свиток — так, словно сейчас держал его в руках. Хрупкий, потемневший от времени пергамент с особым тонким ароматом — запахом, присущим лишь древним реликвиям... Ардан держал его в руках всего единожды, но этого было достаточно, чтобы «переснять» в памяти увиденное, запечатлеть каждый символ, каждое слово... Символ!

Словно молния, неожиданная мысль пронзила его взбудораженное сознание, и монах еще раз прокрутил в памяти отпечатанную там картину свитка: описание ритуала, затем — сакральная фраза, ответом на которую должно было стать появление призываемой силы. А рядом с каллиграфически выведенной строкой иероглифов...

— А вот это ты видел?!

Синий шарик с клювом, легко проникнув в его мысли, тыкал пером в полустертый знак, нарисованный перед последней строкой.

— А если это не от фонаря тут нацарапано? — птица совиного вида расширила еще сильнее и без того несоразмерно большие глаза и почесала пером затылок — совсем как человек.

Ардан скривился:

— Молчи, синяя бестия! Ты говоришь о великой святыне — подбирай слова!

Он резко открыл глаза, от всей души надеясь, что кошмарное видение рассеется вместе с воображаемым свитком, но комок синих перьев уже преспокойно прохаживался по спинке железной кровати.

— Вот именно! Слова! — назидательно подняло перо вверх настойчивое создание, проигнорировав выпад Ардана. — Может, этот знак имеет отношение к словам, которые требовалось сказать?

— Инь-ян? Как он может повлиять на слова?

— Ну да, инь-ян, мужское-женское. А вдруг....

— Проводить ритуал должны были мужчина и женщина?! — воскликнули одновременно оба и посмотрели друг на друга.

— Ты тоже так думаешь?

— Думаю о чем?

Ардан резко обернулся — на пороге стояла Оливия с коробкой пиццы в руках.

— Я постучала, ты вроде бы ответил, — сказала она. — Думала, ты ко мне обращаешься.

— О... Извини, Оливия, это просто мысли вслух. Проходи, — Ардан, подхватившись с пола, упал на вторую табуретку возле узкого столика у окна.

Комната была маленькой, чтобы не сказать — крохотной: в ней помещался лишь этот незатейливый предмет мебели, кровать у стены и однодверный шкафчик в углу. Но у монаха было совсем немного вещей, к тому же он не отличался притязательностью — поэтому комнатенка его целиком устроила. Он был благодарен шустрой Оливии, вызвавшейся помочь с жильем — именно она нашла для них этот хостел. Ее комната находилась напротив. «Двоим поврежденным в боях со стихией путешественникам лучше держаться вместе», — заявила она, и Ардан не нашел повода для отказа. Ему действительно была приятна забота этой девушки: не перевелись еще добрые люди на свете...

Но с появлением Оливии комок перьев никуда не делся — он разлегся просто у нее над макушкой, вытянув лапы, словно покачиваясь в невидимом гамаке. Даже сердитая гримаса Ардана никак не подействовала на обнаглевшее создание.

— Угощайтесь! Если, конечно, вы едите такую пищу, — Оливия открыла коробку, и вкусный запах плавленого сыра с поджаренными колбасками наполнил жалкую обитель монаха.

— В дороге я принимаю всякую еду, посланную миром, с благодарностью, — быстро ответил Ардан и подхватил кусок пиццы.

Только сейчас старик почувствовал, что действительно голоден: все прошлые сутки он, кажется, вообще ничего не ел, пока тревожные мысли не давали ему покоя. Но теперь, когда ответ был найден...

Внимательно сощурив и без того узкие глаза, он вдруг на секунду замер, принимая важное решение.

— Что-то случилось? — Оливия, тоже приложившаяся к гениальному итальянскому кулинарному изобретению, удивленно оглянулась, пытаясь понять, что заставило монаха застыть, как статуя, с куском пиццы во рту.

— Оливия, а что ты знаешь... о драконах? — этот вопрос прозвучал так буднично, словно речь шла о чем-то повседневном.

— О драконах? — девушка едва не поперхнулась. — Ну, мультики про них есть, — попыталась отшутиться она, между тем поняла, что Ардан говорит вполне серьезно. — В общем, ничего...

— Вообще ничего? И сказки тебе в детстве не рассказывали? — в свою очередь удивился монах.

— Сказки, которые я часто слышала в детстве, начинались обычно со слов: «Доченька, ты же видишь, как папе плохо... Если не украдешь ему в магазине бутылочку лекарства, он может умереть... И ты будешь в этом виновата!..» — ответила Оливия негромко и отвернулась.

— Извини... — пробормотал Ардан.

— Проехали, — понуро махнула рукой девушка.

— Позволь, тогда я расскажу тебе? Только не сказку, а легенду...

— Давай, — кивнула Оливия и снова занялась пиццей.

Долго грустить она не любила. К тому же ситуация, кажется, обернулась очень интересной стороной.

— В нашем трехмерном мире от самых времен его сотворения идет борьба светлых и темных сил. Ненадолго победу получает одна из них — и в такой момент наступает пора больших перемен. Продолжаться она может несколько столетий, а может — несколько дней. И когда перевес надолго остается на стороне тьмы, люди призывают высшую силу — Черных Драконов Равновесия. Черный дракон, услышав призыв, спускается на землю, после чего устанавливает равновесие — потому что Сила, заключенная в нем, велика, она может менять миры и творить новые. И нет преграды, не подвластной ему...

— И что, когда-нибудь такой дракон приходил на землю? — недоверчиво переспросила девушка.

Рассказывал монах, конечно же, красиво, но пока все это выглядело и вправду детской сказкой.

— Безусловно, — важно кивнул Ардан. — Думаешь, почему доныне китайских правителей называют драконами? И дракон до сих пор — главный символ Востока?.. Когда-то один из этих величественных существ услышал зов и явился, чтобы помочь угнетенному, со всех сторон осаждаемому врагами народу. Он дал им новые знания, научил их делать вещи, дотоле невиданные. Он подарил им боевое искусство, и они обрели новую силу и новый смысл. А главное — достоинство! И уже никто не мог безнаказанно напасть на их города и селения.

— Хм... Но ведь это всего лишь... легенда? — пожала плечами Оливия.

— Легенды не создаются на пустом месте! — почти торжественно воскликнул монах. — Конечно, они обрастают массой «невероятностей», как упавший на дно корабль со временем — ракушками и водорослями. Но сколько бы слоев морской зелени ни нарастало сверху, судно все равно останется судном — пусть даже забытым и спрятанным от всех. Нашему миру снова нужен Черный Дракон, чтобы направить развитие цивилизации в новое русло, — добавил он, расправив плечи и гордо подняв подбородок.

Оливия даже перестала жевать: сейчас перед ней сидел не полоумный фанатик-азиат, коим она привыкла считать Ардана, а некто словно совершенно обновленный, исполненный силы и воодушевления. Даже узкие глаза его стали больше, сверкая решительно и отважно.

— И мне нужен помощник, вернее, помощница, чтобы сделать это. Согласишься ли ты, Оливия, помочь мне и оставить свое имя в истории?

Девушка ответила не сразу: она все еще с трудом верила, что все это не шутка. Но весь вид Ардана доказывал обратное.

«Неужели он верит в эту ерунду? Тогда он — еще более сумасшедший, чем я предполагала», — подумала Оливия, но теперь почему-то с уважением.

— Мое имя, как и я сама, побывало в разных историях, — усмехнулась она то ли грустно, то ли весело. — Однако на историю мира я пока не замахивалась... Отчего бы и не попробовать? Хорошо, я согласна!

— Я принимаю твой ответ, храбрая девушка, — важно кивнул монах.

Синяя птица над макушкой Оливии, всплеснув крыльями и прикрыв ими голову, картинно вывалилась из невидимого гамака и, падая на пол, испарилась.

— И пусть услышит нас Великий Дракон!

ГЛАВА 25

— Конечно, дракон! — громыхнуло еще раз у Оливера над головой, и в этом грохоте парень услышал насмешку. — А кого ты ожидал увидеть, если вызывал дракона? Зеленого человечка в консервной банке?

— Кто... вызывал? — наконец отважился вымолвить юноша.

Сожрать его прямо сейчас, кажется, не собирались, и это была хорошая новость. Плохой пока оставалось то, что, сколько он ни щипал себя за руку изо всех сил, вернуться из этой невообразимой реальности, где вот так запросто бегают огромные ящеры, не выходило.

— Ну не я же!

Дракон вдруг стал быстро мельчать и через минуту уже стоял рядом с Оливером, чуть возвышаясь над ним краем костяного гребня на макушке. Правда, от потери размера он не стал выглядеть менее грозно: все его тело от жуткой пасти до кончика гибкого хвоста покрывала черная чешуя, отливающая глубоким металлическим блеском, под чешуей бугрились стальные мышцы. Крылья напоминали жесткую шершавую шкуру, натянутую на многочисленные перепонки. Весь этот живой арсенал украшали лезвия когтей на четырех лапах, шипы вдоль хребта и белоснежные пики зубов — каждый из них сошел бы за кинжал уважающего себя джигита. При этом распахнутая пасть растянулась в гримасе, напоминающей ухмылку, а большие оранжевые глаза с вертикальным зрачком смотрели насмешливо и будто совсем по-человечьи.

— Это какая-то ошибка! Я ничего не делал, — протестующе затряс головой Оливер, поднимаясь на ноги.

Правда, колени еще продолжали предательски дрожать, но он старался изо всех сил держаться уверенно. Это существо, кем бы оно ни было, казалось разумным.

— Это розыгрыш, не так ли? Телешоу? — в голосе молодого пикапера послышалась надежда, и дракон шумно выдохнул (кажется, из пасти у него выскочил язычок пламени).

— Ты на солнышке перегрелся? — длинный гибкий кончик драконьего хвоста вдруг тяпнулся на голову парня, ощупывая ее, словно и впрямь чудовище собралось заботливо измерить ему температуру.

Но именно это окончательно привело Оливера в чувство — хвост был совершенно реальным, жестким и тяжелым. И нисколько не походил на галлюцинацию, причислить к которым он как раз собрался своего странного собеседника.

Парень сердито сбросил со своей головы кончик драконьего хвоста.

— А ты бы как отреагировал, если бы ни с того ни с сего твоя машина, вдруг взбесившись, превратилась в чудовище? — пробормотал он, все еще настороженно поглядывая на былинного ящера, который как ни в чем не бывало стоял прямо перед ним.

— Взбесилась? Да я терплю тебя третий день! Наблюдаю, чтобы понять, для чего меня призвали в этот мир. А ты мечешься, как слепая крыса, от одной глупости к другой, словно забыв, зачем меня вызвал!

— Да не вызывал я тебя!!! — закричал Оливер, дав волю всем своим чувствам, накопившимся за этот действительно безумный долгий день. — На кой мне сдался здоровенный ящер, который к тому же надо мной издевается?!

— То есть ты хочешь сказать, что я зря прилетел с другой звездной системы? Я здесь, чтобы послушать отговорки какой-то земной букашки? — дракон угрожающе приподнялся и стал наступать на своего собеседника.

Но на парня это уже не подействовало: сегодня на него кричали, его унижали и отвергали все, кто только мог. Поэтому новая порция давления ему не страшна: сейчас он и сам готов угрожать кому угодно.

— Вот и возвращайся обратно, если зря! И нечего на меня орать! — взорвался Оливер, повернувшись к дракону, словно готовясь к драке с ним.

Ящер, неожиданно замерев, взглянул на парня по-другому, теперь — с интересом.

— Фу, какой ты нервный, — вдруг сказал он, состроив гримасу, и присел на траву на задние лапы, по-кошачьи обернув их хвостом. — Остынь, а то сейчас начнешь огнем пыхтеть от гнева.

— Если бы! Тогда бы ни один начальник не стал бы на меня орать... — с неожиданной горечью сознался Оливер.

Вся его только что кипевшая ярость вдруг пропала, оставив лишь усталость и какое-то странное спокойствие. Дракон так дракон... Хуже, чем есть, все равно быть не может.

— Хм... А хвостом, или что там у тебя — рукой в ухо не пробовал? — осведомился ящер то ли с издевкой, то ли всерьез.

— Начальнику так просто в ухо не двинешь. И сопернику тоже, — вздохнул Оливер, опускаясь на траву рядом с новым знакомым. — Сочтут ненормальным.

— Зато больше насмехаться не будут, — качнул крылом пришелец.

Теперь они оба с интересом смотрели друг на друга.

— Так откуда, говоришь, тебя занесло?

— Тебе карту нарисовать? — осведомился дракон ехидным тоном. — Чтобы, если мимо пробегать будешь, в гости заглянул?

— Спасибо, не надо, — буркнул Оливер. — Я тебя не обманываю, — добавил он уже спокойно. — Я действительно ничего такого не делал. Да и не знал даже, что кому-то может понадобиться вызвать дракона. И главное, для чего?

— Межгалактическая доставка пиццы. Поджаривание клиента — бесплатно, в виде бонуса, — буркнул дракон.

Юноша расхохотался.

— А про пиццу ты откуда знаешь, если с неба упал? Или у вас ее там тоже едят?

— Я не нуждаюсь в физической пище для поддержания своего энергобаланса, — фыркнул дракон. — А про ваши пристрастия... Я тут немного покопался в Интернете с целью восполнить пробел в информации о Земле за последние... — ящер на секунду замолчал, прикрыв оранжевые глаза, словно вычисляя что-то в уме. — За последние восемь тысяч лет.

— И как тебе? — спросил Оливер с легкой гордостью за свою цивилизацию.

— Жу-у-у-уть, — шумно выдохнул дракон. — Кажись, появился я тут не зря, и неважно, кто тому причиной. В этом я потом разберусь.

— И что ты будешь делать, раз уж появился? — спросил Оливер с неподдельным интересом.

Как ни странно, это ужасное чудовище, еще несколько минут назад внушавшее исключительно ужас, теперь начинало нравиться парню.

— То, что и положено Равновесным силам, — порядок наводить, — вздохнул дракон. — Только вначале мне нужно еще больше информации собрать.

— А как же... моя машина? — водитель пикапа вдруг вспомнил о насущном и пригорюнился. — Если я скажу шефу, что она — это ты, он мне вряд ли поверит.

— Да уж, с доверием у тебя не сложилось, — хмыкнула рептилия и, задумчиво почесав макушку кончиком хвоста, вдруг предложила: — Хорошо, давай я пока побуду твоей машиной. Разгуливать в своем обычном облике в вашем мире — скажем так, затруднительно, а на обычный автомобиль никто внимания не обратит. К тому же мне и намного удобнее ночью. Так что днем я — твой автомобиль, а ночью — занимаюсь своими делами. Идет?

— Идет, — с сомнением кивнул юноша, еще не совсем веря в столь невероятный исход дела.

Космический дракон в виде пикапа — не каждый день с вами такое случается...

— Только не вздумай больше тянуть меня в это ужасное место с неприятной желтой жидкостью, которой ты пытался меня напоить! — вдруг рыкнул дракон и предостерегающе оскалил внушительные зубы.

— Это на заправку, что ли? Здорово ты от меня тогда удрал! Я уж думал, что кто-то решил разыграть меня.

— Очень смешно! Ты собирался влить мне какую-то гадость, а я — терпи, да? — буркнул дракон, и Оливер от души захохотал.

За весь этот долгий гнетущий день он наконец-то почувствовал, что может расслабиться.

— Договорились...

— А теперь подскажи-ка мне, где тут можно найти какую-то возвышенность подальше от города и людей.

Парень на минуту задумался.

— Есть такое место — Синяя Гора называется. Ну, вообще это никакая не гора, а просто холм, на нем еще руины какого-то старинного замка остались. Раньше туда туристы иногда приходили, но сейчас место почти забыто. Там тебе никто не помешает.

— Отлично!

Дракон, поднявшись, совсем по-кошачьи потянулся, выгнув спину. Из-под лап полетели в разные стороны комья земли вместе с лесным дерном.

— Я мог бы проводить тебя, — быстро добавил Оливер.

Ему почему-то совсем не хотелось расставаться с новым знакомым, все больше вызывающим интерес и симпатию.

— Хорошо, будешь бежать рядом и показывать дорогу, — ответил дракон абсолютно серьезно.

Подпрыгнув на своих тяжелых лапах, он на секунду завис в воздухе, а потом опустился на все четыре колеса — в облике черного пикапа. Опешивший пикапер сначала не знал, что сказать, между тем дверца автомобиля с водительской стороны распахнулась, будто бы приглашая в салон. Не заставляя себя долго упрашивать, парень запрыгнул на сиденье — и автомобиль тотчас сорвался с места, повторив ту же бешеную гонку, которая полчаса назад довела его почти до истерики. Только сейчас Оливер чувствовал непонятный драйв: впервые за долгое время он не знал, чего еще можно ждать от жизни уже через пять минут — и это, как ни странно, ему нравилось...

ГЛАВА 26

Вода в бассейне отсвечивала фосфорным светом, и от ее легкого колебания на стены падали мертвенно-голубые блики.

— Дом, открой мне небо, — сказал Вильям, не сомневаясь, что умный помощник услышит его и выполнит команду.

Почти сразу же вверху прозвучало тихое жужжание, темные пластины на потолке разъехались в стороны, открывая вид на холодное звездное небо.

Здесь, на окраине города, искусственный свет от людских жилищ был все еще слишком ярким, не давая возможности в полной мере наслаждаться всем великолепием звездных просторов. Звезды казались бледными — их робкий свет не мог соперничать с нахальными городскими прожекторами. И даже тут, на крыше особняка Председателя, удовольствие наблюдать за ночными светилами ограничено. Из-за того, что тóлпы народа в это время едят, пьют, снуют по улицам взад-вперед, развлекаются, смотрят телевизор, и на все это им нужно огромное количество света, энергии, ресурсов...

Вильям, шумно вздохнув, опустился в кресло рядом с бассейном. Купаться не хотелось, но и сон тоже не шел. Сейчас, когда его давно обдуманный, взлелеянный план, на который потрачено столько сил, как никогда был близок к завершению, — он не мог спокойно уснуть. Ведь неуклонно приближающийся «час X» — не просто его прихоть, а миссия, высшее задание на Земле, которое он уже почти выполнил.

Когда-то очень давно умный мальчик-очкарик из бедного района мечтал о справедливости. Его регулярно избивали более крепкие сверстники, потому что он был не похожим на них.

Грезить о сильных братьях или о большом добром отце было делом безнадежным: его мать — вечно измотанная, а оттого нервная, работала официанткой в дешевом ночном пабе, замуж никогда не выходила и постоянного друга не имела. Она воспитывала сына одна — как могла... Иначе говоря, днями он был предоставлен сам себе и мог заниматься чем угодно. Наверное, будь он повыше и понаглее, пропадал бы вместе с другими подростками по гаражам и подворотням. Но ему, белой вороне, неизменной «подушке для битья» одноклассников, о друзьях тоже приходилось разве что мечтать.

Вся его жизнь пошла по-другому после одного поступка — мелкого, на первый взгляд, но имевшего взрывообразные последствия...

Он возвращался из школы: как всегда, руки в карманах, голова опущена, шел по улице быстрым шагом — только бы лишний раз не попасть на глаза кому не следует. Его взгляд, скользнув по витрине небольшой книжной лавки, вдруг зацепился за название: «Сильные не оправдываются». Простые буквы на темном фоне, тонкая книжица в разделе «Новинки», но он почему-то не мог оторвать от нее глаз. Как завороженный, вошел в магазин и отыскал ее на полке. Продавщица безразлично взглянула в его сторону и снова вернулась к прерванному телефонному разговору. Мальчишку здесь знали — он часто вертелся у полок с книгами, перебирал их, иногда покупал что-то на распродаже. Правда, сегодня цена за новинку была неприлично высокой — у него не нашлось бы таких денег. Однако Вильям точно решил, что не уйдет из магазина без этой книги. Он обязательно должен узнать, почему сильные не оправдываются. И почему ему самому вся его жизнь кажется сплошным недоразумением и ошибкой — словно он виноват уже в том, что появился на свет и не «вписывается» в это стадо агрессивных самцов и безразличных самок.

Дрожащей левой рукой паренек неуклюже засунул книгу себе под куртку, а правой продолжал перелистывать страницы журнала, склонившись над нижней полкой. Покрутился еще пару минут — и пошел к выходу. Зря он так волновался, из последних сил изображая спокойствие, — продавщица, увлеченная своим разговором, даже не взглянула больше в его сторону. И Вильям с вожделенной книгой оказался на улице.

Открывшаяся ему правда поразила настолько, что была воспринята как истина — каковой оставалась для него и до сих пор. Автор, используя примеры из дикой природы, давал советы, как вести себя, чтобы достигать своих целей. Миром людей тоже управляли законы стаи (либо стада), согласно которым неизбежно должны быть «альфа» и «омега», а еще — изгнанники. Ты не можешь выдумать для себя иной роли, но можешь поменять статус, если правильно используешь данную тебе привилегию — мозг. Необходимость и целесообразность — вот две аксиомы, держащие мир. И здесь нет места лишним эмоциям...

За одну ночь наедине с этой книгой мировоззрение тринадцатилетнего подростка поменялось настолько, что на следующий день он не пошел в школу. Вместо этого направился в городской парк и провел там весь день, пытаясь утрясти ворох разрозненных мыслей в одну стройную систему. И у него получилось! Собственная система Вильяма оказалась проста и эффективна: каждый занят только собой, подыгрывай их чувству важности и в своих целях используй недостатки. Кроме того, никогда не оправдывайся, ни перед кем. Тогда ты сам поверишь в свою правоту, и в нее поверят другие...

Следующие дни и месяцы стали временем решительных перемен; пораженным одноклассникам оставалось лишь удивляться, как худенький очкарик-заучка из груши для битья превращается в «ты-с-ним-лучше-не-связывайся». Ничего удивительного, что у пары-тройки пьяниц из бара, где работала его мать, пропали портмоне с документами и отыскались у главного задиры из его класса, который очень уж часто не давал прохода ботану. Неудивительно и то, что чернокожие ребята из соседнего района вдруг ни с того ни с сего взъелись на малолетних бандитов из его квартала и в результате грандиозной бойни еще трое врагов попали в больницу. И как-то вдруг братья Смиты, двое громил-близнецов из параллельного класса, начали хвостом бегать за мелким заучкой, исполняя его поручения. Как ему удалось «приручить» эту дикую силу, знал только сам Вильям, но никто больше не смел протягивать к нему руки. А когда в школьной компьютерной системе неожиданно обнаружился какой-то ранее неизвестный вирус, именно этот мальчик пришел на помощь и не только разблокировал все компьютеры, но и поставил изобретенную им самим защиту от новых вирусов. Вскоре данная программа оказалась очень даже востребованной, потому что от вирусных атак пострадало множество учреждений и фирм в городе. Слава о юном программисте быстро разлетелась, а скромных, но регулярных вознаграждений хватило на то, чтобы купить новый мощный комп. На нем уже были написаны следующие, более серьезные программы-вирусы...

Теперь Вильям не оправдывался — в первую очередь перед собой, ведь доказать вину юного компьютерного гения было почти невозможно. Ни в тот момент, когда снятые с чужих счетов средства ручейками стекались на многочисленные счета скромного студента технического колледжа, ни когда он основал свою фирму, еще только заканчивая учебу в университете. Компания занималась антивирусными программами, а ее сотрудники даже не подозревали, откуда исходят те самые вирусы, с которыми они так успешно борются.

Это было начало. Мир бизнеса, как и мир политики, принял восходящую звезду. За полтора десятка лет «Блэк Плэнет» вымахала до трансатлантической корпорации, а ее учредитель и директор Вильям Блэк сделал головокружительную карьеру: он стал генеральным директором огромнейшего научно-исследовательского предприятия с филиалами по всему миру, а также советником при министерстве экономики. И лишь немногие избранные знали его под другим именем — Председатель. Председатель Мирового Тайного Правительства, включающего в себя десяток самых влиятельных мировых лидеров (и большинство из них не были знакомы широкой общественности). МТП, решающее судьбы мира, оставалось в тени и под покровом тайны. Пока что оставалось... Вскоре необходимость в этом отпадет.

— Чтобы дать возможность созреть урожаю, надо пропалывать сорняки. Даже если их много, очень много. Семь миллиардов лишних, отравляющих небо, закрывающих свет звезд, уничтожающих, как саранча, остатки ресурсов на этой планете, выжимающих из нее все до капли... — задумчиво бормотал Председатель, откинувшись на спинку кресла и глядя на едва различимые точки звезд у себя над головой. — Миллиарда людей будет достаточно, чтобы цивилизация продолжала существовать и не откатилась назад в своем развитии. Избранные получат противоядие. Некоторые выживут сами — это неизбежно, и вместе они дадут начало новой цивилизации. А во главе ее будем стоять мы. И потом нас назовут спасителями нового человечества. Сильные не оправдываются. Победителей не судят... Еще немного — и я, наконец, смогу увидеть звезды в небе над своим домом, и огни города больше не будут мешать этому, — добавил Блэк с тихим смешком.

Увлеченный своим монологом, он не заметил тоненькую тень рядом с приоткрытой на мансарду дверью. И огромные серые глаза, расширенные от ужаса, полные отчаянных слез...

ГЛАВА 27

Когда они добрались до нужного места, в прохладных сумерках уже плескалась вечерняя тишина. Место действительно было заброшенным, вдали от центральных дорог и городов. К верхушке широкого холма, поросшего редкой растительностью, вела узкая грунтовка, на которой лишь кое-где отпечатались велосипедные шины. Видимо, камни древнего строения, давно и плотно поросшие мхом, мало кого интересовали. Даже шум проезжающих по далекому шоссе машин слышался на самом пике холма будто фантомный звук — вроде он есть и его нет, словно жизнь затаилась или случайно задремала. Впрочем, стоило им немного посидеть в тишине (дракон, принявший свой легендарный облик, шикнул на Оливера, чтобы тот застыл), как эта самая жизнь проявилась в полной мере. На каменистом склоне холма вдруг показалось несколько... диких кроликов. Абсолютно не обращая внимания на ошарашенного парня, они направились прямо к дракону. Еще через несколько минут над ними бесшумно замелькали в воздухе крылья ночных птиц — несколько сов попытались сесть ему на спину.

— Уф, слезайте с меня! Щекотно...

Дракон по-собачьи встряхнулся, и птицы, оставив свои попытки, покорно приземлились возле его лап. Еще через пару минут мелькнула рыжая спинка и роскошный хвост. Даже не взглянув на кроликов, красавица-лиса доверчиво подошла к огромному ящеру. Редкая трава зашевелилась — несколько ежей тоже присоединились к звериному сообществу. И, совсем уж ошарашив Оливера, приползла толстая змея и преспокойно свернулась кольцами рядом с ежами.

— Это... что это такое? — запинаясь, выговорил юноша, растерянно глядя то на довольного дракона, то на разношерстную компанию мелких и средних зверушек в шаге от него.

Но само зверье не обращало на человека никакого внимания: все они смотрели только на дракона — будто на своего господина.

— Местные жители пришли поприветствовать меня, — хмыкнул ящер. — Они повежливее будут, чем те, кто на двух ногах ходит.

— А ты не собираешься их... ну того, поужинать ими? — с подозрением уточнил парень.

Все-таки повадки этого странного существа пока оставались для него непредсказуемыми.

— Если верить вашим фильмам, то я должен питаться исключительно костлявыми девственницами! — фыркнул дракон. — Люди такого о нас понапридумывали... ужас просто! Каких-то восемь тысяч лет, а от рук совсем отбились. Ты отдыхай пока, мне нужно еще кое-что проверить...

Осторожно стряхнув с хвоста пару ежей, пришелец повернулся к Оливеру спиной.

— Ага, как скажешь, — вздохнул тот и тоже устроился на траве.

Пока непонятно, что им предстоит, но в любом случае пауза, чтобы перевести дух и немного успокоиться, не помешает. Оливер скрестил ноги по-турецки, не думая, что может измазать зеленью новые джинсы, и прикрыл глаза...

Когда он открыл их, не сразу понял, где находится. Над его головой раскинулось огромное темное небо. Казалось, звезды подмигивали и едва заметно покачивались в каком-то космическом танце. Светлой полосой тянулся через небесный свод Млечный Путь, сотканный из мириад крохотных искр — таких далеких, что только слабое марево света тянулось от них едва заметными нитями. Здесь, вдали от огней большого города, эта светлая ширь казалась воплощением самого Настоящего, что так часто теряется в суете однообразных будней...

Засмотревшись на трепетные нити звездного света, Оливер не сразу заметил, как уснул, прислонившись спиной к дракону. Среди этой яркой космической красоты уже совсем не странным было присутствие рядом мифического существа: и тишина прохладной ночи, и это звездное величие, и дракон — все выглядело органично и естественно. А оставленные в городе хлопоты, работа, неудачи и разочарования, клиенты и сварливая мегера-менеджер представлялись на фоне распахнутой бесконечности комически незначительными...

ГЛАВА 28

— Не спишь? — Черный дракон заметил его пробуждение, хотя и сидел, отвернувшись в другую сторону.

— Странно... Мне кажется, именно сейчас я проснулся, — пробормотал Оливер, все так же не отрывая глаз от звездных россыпей.

— И почему бы это? — насмешливо хмыкнул хвостатый собеседник. — Может, потому что ты сразу же вырубился, как только присел на травку, и только сейчас открыл глаза?

— Да я не о том. Мне кажется, я вообще спал до этого момента — не пару часов, а, наверное, всю жизнь. Бегал по кругу каждый день, решал какие-то глупые проблемы и считал, будто живу. А теперь вдруг увидел себя со стороны...

— Ну, тогда поздравляю! — в словах дракона не было насмешки. — Многие люди за всю жизнь не находят нескольких минут, чтобы просто остановиться, посмотреть на небо и почувствовать, что они не такой уж и центр мироздания...

Он вдруг шумно повернулся к юноше — от неожиданного движения тот просто плюхнулся спиной на землю, но так и остался лежать там, подложив руки под голову. Дракон устроился рядом — теперь они вдвоем смотрели вверх.

— Я и раньше видел, что у вас тут не все в порядке, но не думал, что все настолько запущено, — вдруг признался он. — Надо было мне явиться на тысячу лет раньше — тогда было бы проще повлиять на что-то. Подтолкнуть в правильном направлении, дать веру. И глядишь — цивилизация вновь двинулась бы в сторону света, все начали бы дружно восстанавливать гармонию и тому подобное. Но сейчас...

— Что сейчас? — Оливер пожал плечами.

— Уже так просто не получится, — вздохнул дракон. — Люди больше не верят в высшие силы. Даже если говорят, что верят, и даже если поклоняются — на самом деле чаще всего они просто притворствуют, чтобы получить какую-то выгоду для себя или не отличаться от других. Все интересы людей вертятся лишь вокруг их личного благополучия. Каждый хочет стать богатым и знаменитым и даже теоретически нести добро, но мало кто действительно готов делать хоть что-то. По-моему, самая большая ваша проблема — это куча ненужных слов. Вы все только и делаете, что говорите...

— Может, ты и прав, — вздохнув, согласился представитель человечества. Он чувствовал себя немного уязвленным, будто был ответственным за всех людей на планете Земля. — И что, нам никак нельзя помочь?

— Но и это не самое худшее! — Дракон, кажется, не услышал вопроса Оливера. — Еще за пару-тройку сотен лет человечество, вероятно, наболталось бы вволю и начало бы, наконец, что-то делать. Но у него может и не быть такой возможности, — мрачно добавил он.

— Ты о чем? О конце света? — Оливер от неожиданности едва не подскочил и теперь во все глаза смотрел на чешуйчатую морду своего собеседника.

Вместе с неожиданным страхом за будущее (сомнений в том, что дракон говорит правду, почему-то не было) он вдруг ощутил непонятный азарт. Словно что-то давно забытое очнулось в нем: потревоженная душа будто заворочалась и навострила уши, пытаясь не пропустить нечто важное для себя. Сейчас он опять был мальчишкой, попавшим в невероятную сказку.

Но дракон казался серьезным и задумчивым:

— Конец света придумали жадные торгаши, чтобы продать перепуганным гражданам побольше консервов, — буркнул он. — И шансов умереть у этих граждан куда больше от несварения желудка из-за испорченной консервированной фасоли, чем от конца света... И все же есть один человек, который действительно задумал нечто страшное. Он одержим идеей, что людей стало слишком много, и придумал себе миссию — очистить планету. Ему кажется, он сможет контролировать процесс, когда запустит в воздух смертоносный вирус, способный убить миллионы. Но он не в состоянии сделать это: когда вирус будет выпущен, то выйдет из-под контроля и убьет всех. И больше некому будет исправлять ошибки цивилизации: людей на Земле просто не останется, они вымрут так же, как когда-то умные ящеры.

— Умные? Это ты о динозаврах? Но они были...

— Уже неважно, какими они были, — их больше нет. Это может произойти и с вами.

— Но откуда ты об этом знаешь?

По коже Оливера пробежал ощутимый холодок — услышать нечто в таком роде парень совсем не ожидал.

— Я ведь не только просматривал тут ваши телеканалы с Интернетом, а и просканировал ментальное поле Земли, — объяснил дракон так спокойно, словно речь шла о вещах совсем обыденных. — И времени осталось действительно очень мало: те, кто называют себя Мировым Правительством, очень скоро воплотят свои бредовые идеи в жизнь.

— И это что, наше будущее?

— Будущее изменчиво. Нет ничего такого, что нельзя было бы исправить, пока оно не произошло. Я увидел только вариант грядущего — но он приближается к реальности. И поэтому мне необходимо срочно найти их.

— Кого?

— Мне нужны супергерои планеты Земля, — серьезно сказал Дракон.

— Супергерои! Ой, не могу... — схватившись за живот, Оливер начал кататься по траве, пока его ногу не огрел хлесткий удар драконьего хвоста.

Но даже после этого парень успокоился не сразу. И только насмеявшись вволю, смог выдавить из себя:

— Супергерои — это выдумка. Просто фильмы для развлечения, и все. Их нет, и никогда не было на самом деле.

— Неужели? Только фильмы? — Дракон казался озадаченным. — Ну, у меня было не так много времени, чтобы присмотреться, — пробормотал он уже примирительно. — Так что, в самом деле никого подходящего нет?

— Не-е-е-ет, — развел руками Оливер.

— Но для решения этой задачи мне нужен именно супергерой, — задумчиво пробормотал дракон. — Отважный, быстрый, способный принимать решения, бесстрашный...

— Тогда, может, тебе поискать такого на другой планете? — предположил юноша. — Ты же говорил, что мы не одни во Вселенной...

— Конечно, не одни! — фыркнул дракон. — Эти сомнения подобны тому, как если бы муравьи ломали свои головы, есть ли еще разумная жизнь, кроме их муравейника. Однако проблема в том, что спасти планету может лишь тот, кто является ее частью. Другие способны помочь, но не более. Таковы законы, и даже я не могу их нарушить. Равновесие держится на принципе свободной воли, а Равновесные силы лишь присматривают за планетами, между тем не могут вмешиваться напрямую в их дела. Развитие должно идти своим чередом. Мы способны направить, научить, но не можем сделать все сами.

— Как же быть в таком случае?

— Коль уж супергероя нет, придется создать его. Взрастить, как говорится. Слепить... Из того, что под рукой.

— И что же у тебя под рукой, точнее, лапой? — не понял Оливер.

Представитель Равновесных сил в ответ хитро прищурился.

— На данный момент — ты. Вот из тебя и будем делать супергероя.

Юноша уставился на дракона, пытаясь понять: насмехается тот над ним или говорит серьезно. Однако в драконьих глазах не было насмешки.

— Но у меня же нет никаких суперспособностей, — растерянно пробормотал Оливер.

— Ни у кого нет. Значит, будем взращивать. И в короткие сроки! Десятилетий на медитации в пещере у нас нет... В лучшем случае — пара месяцев. А в худшем... Ну, будем надеяться на лучшее.

— А ты у меня спросил? — буркнул Оливер. Ему показалось обидным, что все решили за него. — Может, у меня времени нет? Знаешь, есть еще работа, друзья, девушка, кредит за квартиру, своя жизнь, в конце-то концов...

— Ты не понял! Времени нет ни у кого! Если Темное правительство взорвет бомбу, кредиты возвращать будет некому! Да и вообще — что ты называешь своей жизнью? Работу, которая стала унылой рутиной? Твой единственный друг — сосед, с которым ты поссорился, а девушка даже не догадывается о твоих чувствах, потому что ты так и не смог пригласить ее на свидание. Это ты называешь своей жизнью?! Если такая жизнь тебя устраивает — что ж, это твой выбор. Можешь продолжать — еще несколько недель, пока вирус не вырвался на свободу. Вперед! Только уже без меня.

Дракон сердито подхватился и, не оглядываясь, побрел вниз по склону холма, оставив растерянного Оливера в одиночестве.

— Эй! Подожди!

Парень бросился вдогонку за удаляющимся ящером. А если тот действительно рассердился? И сейчас возьмет и испарится на месте?

— Да подожди же ты!

Только перейдя на бег, Оливер смог догнать ящера. Тот нехотя остановился.

— Чего тебе?

— Ну я же не сказал, что отказываюсь! — горячо заверил его парень. — Просто мне не нравится, когда без меня решают, как мне жить.

— По-моему, с тобой все так поступают. Должен был уже привыкнуть, — язвительно бросил дракон, но все же остановился.

— Наверное, ты прав, — с горечью согласился юноша. — Тогда тем более — какой из меня супергерой?

— Неуверенный, — оскалился пришелец. — Но все это можно исправить, — добавил он почти благосклонно.

— Ты так думаешь?

— Пока ты жив — все можно исправить и многому научиться, — снова ухмыльнулся он во всю свою клыкастую пасть. Правда, получилось не так жутко, как раньше. — Я сам займусь твоим воспитанием!

— Угу, я уже представляю себе это... — мрачно протянул Оливер.

— Подожди!

Дракон вдруг замер, прислушиваясь. Юноша тоже невольно остановился, однако ночную тишину нарушали только едва различимое пение цикады и тихий шелест ветра.

— Меня зовут, — объяснил наконец-то космический ящер.

Слух у него, наверное, был куда лучше человеческого, потому что Оливер не слышал решительно ничего, что напоминало бы зов или крик.

— Но я ничего не слышу...

— Ты и не должен: дракон тут один — я. И мой слух различил тайный зов.

— Значит, еще кто-то знает о твоем появлении?

— Возможно! Это мы сейчас и выясним... — дракон задрожал, перевоплощаясь в черный пикап.

«Поехали!» — прозвучало в голове Оливера.

— Но куда?

«Тут совсем недалеко», — последовал ответ.

Устав удивляться, парень запрыгнул на водительское место. Правда, как он и предполагал, рулить ему не дали: пикап, сорвавшись с места, на ужасающей скорости помчался по склону холма.

«Кажется, это напоминает настоящее приключение», — подумал Оливер и сам удивился нарастающей радости. Неужели ему втайне хотелось именно этого? Мчаться в железном брюхе дракона неведомо куда, навстречу судьбе, которую надо успеть изменить — пока не стало слишком поздно для всех...

Пожалуй, сердце парня знало куда лучше рассудка, что нужно уставшему от пустоты молодому человеку. Оно прыгало в груди, как счастливый беззаботный щенок, вырвавшийся на свободу из тесной собачьей будки.

Неужели именно так и становятся героями?

ГЛАВА 29

Комариное жужжание, похоже, самый противный звук во Вселенной. Особенно если комаров этих — тучи, и все они собрались прямехонько над твоей головой.

С каждым шагом в лесную глубь идея Ардана казалась Оливии все более дурацкой. Ну зачем тащиться посреди ночи в лес, кишащий этими мелкими кровопийцами и кто его знает чем еще?!

Нога не болела, как раньше, хотя до сих пор противно ныла при каждом шаге. И все же девушка предусмотрительно молчала: вдруг старик передумает посвящать ее в свои тайны? Дело само обернулось удачей: неожиданно монах попросил Оливию о помощи. Она с трудом сдержала ликование: до сих пор, несмотря на все ее попытки, он упрямо не хотел рассказывать новой знакомой о своих планах. И молчал, услышав вопрос, что же делал ночью в лесу, когда умудрился попасть под машину. Но вот теперь они идут на то же место, только уже вдвоем...

По дороге Оливия выслушала путаный рассказ об особенностях женской и мужской энергии. Оказывается, чрезвычайно важно и порой просто необходимо проводить церемонию в паре. От нее в данном случае требовалось всего лишь поприсутствовать и произнести несколько слов, чтобы гармонизировать энергию вызова.

— Сюда!

Ардан с фонарем в руке сделал приглашающий жест — и Оливия покорно двинулась к небольшой поляне. Прямо в ее центре монах уже стелил на земле бамбуковый коврик.

Опираясь на костыль, девушка допрыгала до указанного места и зябко поежилась. Нет, она, конечно же, была не из пугливых, но и само это место, и странный, фанатичный блеск в глазах Ардана, что разгорался с каждой секундой, настораживали помимо ее воли.

Оливия неуклюже плюхнулась на циновку напротив монаха. Он, похоже, совсем забыл о ней. Достав из заплечной сумки камень, Ардан надолго «завис», бормоча что-то еле слышно на непонятном языке.

Узкий круг фонаря выхватывал из темноты лишь сплетенные ветви высоко над их головами. То и дело раздавались крики ночной птицы. Если бы не боль в ноге и теперь четко видимое, освещенное фонарем лицо человека напротив, эффект дежавю был бы полным.

«Не хватает лишь парня на белой машине, — подумала Оливия, тоскливо вглядываясь в темноту вокруг. — Интересно, как он там? Не зарекся ли еще подбирать на дороге промокших девиц?»

— Повторяй за мной! — раздался прямо над ухом горячий шепот монаха, возвративший ее к реальности. — Кию... Ауле... Ггаш!

— Кию, ауле, хаш, — повторила девушка слова незнакомого языка, которые, впрочем, не показались ей отталкивающими.

— Ггаш!

— Гаш, — покорно повторила Оливия, удивляясь, как удается этому человеку продолжать чувствовать по отношению к ней некое превосходство.

Она оказывает ему услугу, да еще и немалую, учитывая все обстоятельства, а этот чокнутый командует ею и повышает голос — будто об одолжении попросила она, а не он сам! Если бы не дурацкий бесполезный камень, она бы сейчас...

Оливия слегка прикрыла глаза и, пока монах продолжал бормотать свои заклинания, представила себе приятную картину: как в жестком спарринге ставит на место этого противного старикашку и заставляет уважать себя. Раз он азиат, да еще и какой-то монах, он, конечно же, владеет боевыми искусствами.

Но милый сердцу кадр — четкий удар с прыжка и с разворота в нос — вдруг рассыпался пылью от неожиданного звука, возвращая замечтавшуюся блондинку на место. Этим звуком был глубокий и тягостный, полный разочарования вздох.

Не понимая, что происходит, Оливия захлопала глазами. Монах напротив вдруг растерял всю свою непроницаемость, как и азарт: сейчас перед ней сидел просто огорченный и разочарованный старик, вертевший в руках явно бесполезный камень с таким видом, словно решал, не забросить ли его в кусты.

— И... как? Не получается? — осторожно спросила Оливия.

Ардан только отрешенно и горестно покачал головой.

— А может, вы опять чего-то не того сделали? Ну, сели не туда или что-то в этом роде...

— Мы произнесли сакральную формулу, мы вдвоем. И... ничего не произошло...

Его голос слегка дрожал — видно было, что он изо всех сил ищет причину, отказываясь верить в происходящее. А реальность была такова, что не происходило ровным счетом ничего! Кажется, вся эта беготня с камнем значила для него слишком много. Теперь, лишившись своей идеи, несчастный продолжал с убитым видом сидеть в темном лесу — словно до сих пор на что-то надеялся...

Из вежливости Оливия решила посидеть с ним за компанию еще немного. Пусть это будет своего рода прощальный подарок от нее — молчаливое сочувствие вместо заслуженной подачи пяткой в нос. А завтра она позвонит шефу, расскажет ему, что чуда не случилось, и после — исчезнет из этого нудного городишки, прихватив с собой на всякий случай «очень ценный» булыжник. Она отчитается и попросит отпуск. Ура, отпуск!..

— Ну что ж... Значит, не судьба, — с притворным вздохом пожала плечами Оливия и стоически изобразила минуты на две молчаливую скорбь. — Дух не захотел приходить. Наверное, нам лучше...

— Это Черный дракон! Я призывал древнего Дракона Равновесия, а не какого-то там духа, бестолковая ты дурында! — неожиданно угрожающе зашипел Ардан.

Кажется, он просто клокотал от злости, потому что походил на бурлящий вулкан.

В душе Оливии росло раздражение. Тащиться в лес ночью с каким-то полоумным маньяком, одержимым странными идеями, чтобы потом еще и выслушивать от него оскорбления?! Тонкий комариный писк оборвался на высокой ноте: маленький кровосос спикировал прямо на нос девушки, решив нагло воткнуть в него свое жало. «Ну нет, с меня довольно!» — мысленно прошипела Оливия.

— Это я бестолковая?! — Прихлопнув комара, она взвилась как фурия, нависнув над монахом всей своей тонкой фигуркой. — Значит, именно я приволокла в эту дыру с другого конца света каменюку и рассказываю тут сказки о драконах, да?! Я с больной ногой притащилась сюда, чтобы помочь тебе, а ты называешь меня дурындой?!

Девушка разошлась не на шутку. Ардан от неожиданности втянул голову в плечи и потрясенно хлопал глазами. Казалось, все идет к тому, что даже почтенный возраст не спасет его от избиения, если только эта красотка с больной ногой не успокоится.

— На драконов он здесь охотится! Ну и где ты последний раз видел живого дракона?!

— Ык... — вдруг неожиданно отозвался Ардан.

Лицо его как-то вытянулось, а глаза округлились и стали едва не вдвое больше.

— Ты не икай, а ответь, где ты видел дракона? Хоть одного?! — не унималась Оливия.

Весь этот бред, сырость и визжание настырных комаров просто достали ее. И все, чего ей сейчас хотелось, — оказаться в своей теплой постели, включить телевизор и уснуть под какой-нибудь ужастик.

— Добрый вечер, — прозвучал откуда-то сверху мягкий вкрадчивый голос с вибрирующими нотами баса.

Это случилось так внезапно, что Оливия замерла на месте. Она абсолютно не ожидала встретить тут кого-то еще. Кроме того, девушка не сомневалась, что услышала бы звуки шагов — однако их не было!

В следующую долю секунды, автоматически приняв боевую стойку, она резко обернулась, чтобы встретится нос к носу... с огромным ДРАКОНОМ... который как раз наклонил голову, словно хотел получше рассмотреть девицу.

«Как жаль, что я не умею падать в обморок!» — мелькнула вдруг в голове девушки дурацкая мысль, пока, замерев, она глядела на драконью морду. Других мыслей просто не было — они юркнули в разные стороны, как мыши из горящего дома.

— Добрый вечер! — отозвался из темноты еще один голос.

Но этот принадлежал человеку. Из-за чешуйчатой драконьей спины к свету шагнул... тот самый парень, что подвозил ее недавно.

— Ык... — все, что смогла выдавить из себя Оливия.

ГЛАВА 30

Прошло немало времени, прежде чем все снова обрели дар речи, успокоились и выяснили, кто есть кто и зачем они оказались сейчас здесь.

Для Оливера теперь все сложилось, как пазлы: монах Ардан, ставший зачинщиком всей этой возни, по какой-то причине решил вызвать дракона. Но что-то, по-видимому, пошло не совсем так, и космический пришелец свалился на голову совершенно другого человека... Блондинку, ставшую причиной его раздора с Томом, он узнал сразу — выходит, она и давеча была здесь с монахом и принимала участие в ритуале вызова. И все же дракон почему-то выбрал именно его, а не девицу или монаха...

Девушка, а звали ее Оливия, кажется, тоже была весьма удивлена его появлением. Но, конечно, не так, как при виде живого дракона.

Присоединившись к странной паре, Оливер тоже разместился на коврике, чтобы послушать рассказы нового инопланетного друга. В конце концов, он и сам знал о нем совсем немного.

— Мы присматриваем за множеством планет и миров в разных измерениях и галактиках. При необходимости можем вмешаться и предотвратить особо опасные войны или бедствия. Но непосредственно влиять на события нам запрещено — на то мы и Равновесные силы, чтобы поддерживать баланс, не принимая чью-либо сторону. Но если над какой-нибудь планетой нависает серьезная угроза, мы помогаем ее жителям найти в себе мужество и остановить беду. И, коль это необходимо, даем им нужные знания, таким образом выводя их на более высокую ступень развития.

— Как это произошло... в Китае? — набрался смелости для вопроса монах.

До этого он сидел смирно, будто на молитве, и ловил каждое слово Черного дракона.

— Угу, верно, — кивнул тот. — Помню, с ними было столько хлопот...

— Зато до сих пор в тех краях почитают драконов. И своих правителей они тоже называют Драконами, — уважительно добавил Ардан.

Но Оливию, уже оправившуюся от первого шока, заинтересовало совсем другое.

— Ты сказал «помню»? То есть ты помнишь древних китайцев?

— Точно, — ухмыльнулся дракон, продемонстрировав два ряда острейших белых зубов.

— Стиль дракона... Так это ты научил их карате? — девушка смотрела на него уже без испуга, а с нескрываемым восхищением.

Кажется, дракону это нравилось.

— И не только карате... Но это было давно. А теперь ваша очередь рассказывать, зачем вы призывали меня.

Ардан приподнялся.

— Уважаемый дракон, я буду говорить с тобой только наедине, — ответил он, покосившись на остальных.

Однако инопланетный пришелец равнодушно качнул хвостом.

— Не вижу в этом необходимости! Говори сейчас, если тебе есть что сказать...

Ардан еще раз взглянул на Оливера и Оливию, не решаясь произнести вслух то, что хотел.

— Да не проблема, мы можем пока и прогуляться, — пожал плечами Оливер.

Меньше всего ему хотелось пропускать что-то интересное, но надо же проявить почтение.

— Только недалеко, — буркнула Оливия и, бросив в сторону Ардана сердитый взгляд, поднялась на здоровую ногу и подхватила костыль.

Проигнорировав галантно протянутую руку Оливера, девушка вприпрыжку двинулась к краю поляны. Молодой человек поспешил за ней, раздумывая, что может связывать ее с пожилым монахом. Интересно, почему она согласилась уйти, если тоже участвовала в ритуале призыва? И что ей самой могло понадобиться от космического дракона?

Но не успели они сделать и пары шагов, как слишком уж короткий разговор оставшихся двоих перешел в грохочущий драконий рев:

— Я что, похож на голубую фею, которая свалилась с небес, чтобы исполнить твои несчастные три желания?! Или я похож на джинна из бутылки, которым можно повелевать как вздумается?!

— Н… нет… П… простите меня… — пробормотал испуганный Ардан.

Разгневанный дракон даже как будто стал больше — его гребень касался средних ветвей высоких деревьев.

— Тогда нечего тут рассказывать мне всякую ерунду! Тем более когда есть реальная угроза всему вашему виду, — добавил он уже немного спокойнее и, отвернувшись, грузно зашагал в чащу леса, оставив растерянного монаха едва ли не плачущим.

— Эй, ты куда? — крикнул ему вслед Оливер, но догонять пришельца было бесполезно: тот быстро скрылся из виду меж деревьев.

«Пригласи их к себе, — вдруг прозвучал в голове юноши знакомый бас. — Нам может понадобиться их помощь. А мне нужно еще кое-что проверить…»

Оливер хотел было ответить, однако понял, что никогда ни с кем раньше не разговаривал мысленно. Поэтому ему оставалось лишь внимать беззвучному голосу в своей голове: «Я буду ожидать вас у дороги. Но о том, что твой автомобиль — это я, нашим новым знакомым знать необязательно».

Голос умолк: видимо, драконьи инструкции закончились. Стараясь не подавать виду, что в тот момент услышал нечто, чего не слышали другие, Оливер Смит вернулся обратно к Ардану.

— Ну вот, ты его рассердил, — упрекнул юноша и без того расстроенного монаха.

— И что нам теперь делать, господин «я-буду-говорить-только-наедине»? — язвительно добавила Оливия. — Тащиться пешком из этой глухомани туда, откуда можно вызвать такси?

— Ну, необязательно идти далеко, — уже спокойнее сказал Оливер. — Моя машина тут, рядом. Поехали ко мне — отдохнете, расслабитесь...

— А как же дракон? — пробормотал Ардан.

Он выглядел сейчас настолько несчастным, что вызывал жалость.

— Он улетел и вряд ли появится вскоре. Может, завтра я смогу поговорить с ним.

— Значит, это тебе он подчиняется? Тебя слушает? — повернулся к парню монах.

Его глаза снова стремительно разгорались тем самым фанатичным блеском, которого нельзя было не заметить.

— Слушает? — Оливер от всего сердца рассмеялся. — Ты видел эту глыбу? А зубки? И насчет характера, думаю, тоже догадываешься, правда? Как ты думаешь, будет он кому-либо подчиняться?

— Но между вами... существует некая связь. Я правильно понимаю? — не сдавался старик.

Он хвостом следовал за Оливером — прямо к дороге, осторожно обходя колючие заросли.

— Скорее, нас объединяет одно дело, — с таинственным видом ответил юноша. — И если дракон разрешит, я расскажу вам об этом... Но сначала нужно выбраться отсюда.

— Давно пора, — буркнула Оливия.

Опять проигнорировав помощь Оливера, девушка гордо, вприпрыжку на одной ноге, обогнала их. И нашла пикап первой.

— Грузитесь. Едем ко мне, — сказал парень.

— Лихо ты цвет машины меняешь, — присвистнула Оливия и тут же осеклась, прикусив язык.

Она покосилась в сторону монаха, но, к счастью, тот не обратил внимания на ее слова, полностью погруженный в свои мысли.

А пикапер на замечание девушки не ответил, вероятно, тоже размышляя о чем-то не менее важном.

Трясясь по ухабам грунтовки, каждый из троицы теперь думал о своем. Оливер — о том, что это самое невероятное приключение в его жизни, и оно только набирает обороты; Ардан — о том, как несправедлива судьба и почему везет именно молодым дуракам; Оливия же просто еще раз вспоминала явление дракона и всерьез размышляла на тему, бывают ли галлюцинации коллективными.

Поэтому за весь путь они обменялись друг с другом несколькими словами, а когда очутились в теплой квартире после прохладного предутреннего воздуха, им сразу захотелось лишь одного — куда-нибудь упасть, чтобы выспаться.

— Я — на диване! — сразу заявила Оливия, едва переступив порог, и уверенно поковыляла к знакомому спальному месту.

Ардан покосился на нее подозрительно, но ничего не сказал.

Как приличный хозяин, Оливер предложил гостю свою кровать, но тот решительно отказался: монах привык к аскетичным условиям, поэтому решил спать на полу. Правда, одеяло все-таки взял.

Уже засыпая, юноша поймал себя на мысли: «Только бы это все не оказалось утром просто сном! Только бы не вернуться в тоскливую реальность — где нет дракона, а пикап — всего лишь машина...»

ГЛАВА 31

К счастью, его страхи не оправдались. Когда он поднялся по звонку будильника и, как лунатик, притащился в прихожую, первое, что увидел, — был сладко спящий Тифон рядом с мирно похрапывающей Оливией.

— Похоже, ты сменил хозяина! — проворчал Оливер, не без ревности глядя на своего кота: уложив пушистую голову на ноги гостьи, тот выглядел счастливым и умиротворенным. — Видно, забыл, кто тебя кормит...

Монах спал тут же, на полу.

Парень вздохнул и, стараясь не шуметь, отправился на кухню — варить кофе.

«Зачем дракону эти люди? — думал он, снимая турку с огня и выливая ароматный напиток в чашку. — Кажется, он знает что-то, чего не знаю я...»

Оливер поймал себя на мысли, что думает о драконе как о старом приятеле, хотя еще вчера вечером вид древнего ящера приводил его в мистический ужас. Неужели с того времени прошла всего лишь одна ночь?

Не выспавшийся, но наполненный каким-то совершенно новым чувством внутреннего комфорта и удовлетворения, парень дошел до автостоянки. Его вовсе не удивило то, что там стоял черный пикап.

«Ну и дьявол с ним, с начальством... Пусть ругаются на здоровье: подумаешь, машина опять не ночевала на служебной стоянке!» — сказал себе юноша, заметив, что совсем и не огорчился. Может, это космическое равновесие дракона начало оказывать на него воздействие?

Как ни удивительно, ожидаемой взбучки на работе не последовало. То ли никто не обратил внимания на такое мелкое нарушение, то ли все просто устали его ругать — в любом случае на этот раз самоуправство экспедитора проигнорировали.

Получив товар и список пунктов назначения, Оливер отправился исполнять свои обязанности. Правда, как он ни пытался поговорить с драконом, пикап не отвечал и вел себя словно обычная машина. Может, сознание космического пришельца пребывало сейчас где-то в высших сферах? Или драконам тоже нужен отдых, и теперь его новый друг просто спит?

Погрузившись в собственные мысли, экспедитор фирмы «Сити групп» почти на автомате справился с половиной маршрута, когда поймал себя на том, что поглядывает на часы: время как раз шло к обеду. Вернее — к обеденному перерыву в одном из салонов красоты.

Мысль об Алекс тоскливой волной всколыхнула на сердце печаль. Какой смысл спешить в кафе «Релакс», если его место за столиком снова будет занято этим неприятным типом с наглой ухмылкой и высокомерным взглядом? Девушка, которую он считал уже почти «своей», дала понять, что все вовсе не так... А может, та встреча была лишь нелепой случайностью?

Воображение живо нарисовало картину: он входит в дверь кафе и снова видит там Алекс, улыбающуюся совсем другому молодому человеку... И тут же услужливо дорисовало продолжение: как он, Оливер, спокойно подходит, здоровается с девушкой и предлагает ее спутнику выйти на пару минут. А едва выйдя с ним на улицу, «подправляет» этому типу его лощеную физиономию... Конечно, Алекс будет в шоке, но девушкам иногда нравится этакая «брутальная сила»! Он мог бы... Но оценит ли деликатная девушка такой поступок? Какие доказательства того, что он для нее — хоть немного больше, чем просто знакомый? И что она готова будет простить ему такую выходку...

Вздохнув, Оливер свернул на перекрестке в противоположную от центра сторону. Какой прок мечтать, если от этого становится только хуже? И экспедитор поехал дальше: работа есть работа...

ГЛАВА 32

— Ну ничего себе! Оливер Смит явился вовремя и даже ничего не напутал!

Ева свысока посмотрела на бестолкового работника, принимая заполненные бланки выполненных заказов, однако удивленно застыла, встретившись с прямым холодным взглядом экспедитора.

— Именно так, — сухо ответил парень, уже направляясь к двери. — Хорошего вечера...

— И тебе...

Она задумчиво почесала макушку кончиком карандаша и по привычке хотела добавить что-то язвительное, но почему-то передумала.

В другой раз он бы обрадовался столь удачному окончанию рабочего дня, но сегодня его мысли все время возвращались к двери «Релакса», которую так и не решился открыть... А вдруг... Что если в самом деле Алекс ждала его там? Именно ЕГО! А он не пришел...

— Добрый вечер! Говорит будильник. На восемь часов у вас сегодня запланирован подвиг. Просьба — не опаздывать! — раздался тонкий детский голосок из радиоприемника.

От неожиданности парень резко повел руль и чуть было не впечатался в обочину. Позади мгновенно раздался нестройный возмущенный хор нескольких клаксонов.

— С тобой все в порядке? Или срочно едем за подгузниками? — этот голос уже был явно драконьим.

— Да ну тебя! — возмутился Оливер. — Весь день молчал, а теперь вдруг решил крякнуть некстати, да?

— И тебе привет, — невозмутимо ответило радио обычным басом дракона. — Ну как, ты не передумал насчет нашего вчерашнего разговора?

— Это ты про супергероев? — устало улыбнулся Оливер. — Или очередная шутка?

— Как раз сейчас не до шуток. Я все проверил: дело обстоит еще хуже, чем казалось вначале, — они почти изготовили свою бомбу. Я, правда, немного вмешался... Но это не остановит их надолго, так что времени в обрез. А еще надо тебя всему научить...

— Может, я и так сгожусь?

Оливеру все эти рассказы казались слишком невероятными. Даже несмотря на то что сам он в данный момент беседовал со своим пикапом.

— Сгодишься... для своего предсмертного фото. Селфи на фоне Апокалипсиса — так, кажется, у вас модно называть конец света.

— Ладно, я согласен, — вздохнул юноша. — Что надо делать?

— Для начала пригласи своих новых приятелей покататься с нами. Думаю, они смогут нам помочь.

— Старик и девчонка? Зачем они нам?

— Они не так просты, как кажутся, — таинственно протянул дракон. — Поэтому доверься мне! И вообще... кто тут командует, я или ты?

— Слушаюсь и повинуюсь, босс, — в тон ему ответил парень. — И куда мне их пригласить?

— Да хотя бы на ту поляну, где мы были вчера.

— Снова в лес? Я за прошлые лет десять не бывал на природе столько, сколько за эту неделю.

— Тогда поехали на центральную площадь, — легко согласился Черный дракон. — Думаю, ни один из жителей твоего города не откажется посмотреть на меня. Особенно — журналисты. А за ними и военные подтянутся.

— Да понял я, понял... — отмахнулся юноша. — Мог бы так сразу и сказать.

— А ты уши давно мыл? Я именно так и сказал.

Беззлобно переругиваясь, они вскоре оказались возле дома Оливера.

Поднимаясь по ступенькам, молодой человек готовился к предстоящему разговору: надо же как-то убедить этих двоих, что им стоит опять отправиться в противную комариную чащу.

Хотя — какой может быть прок от этой парочки? Что дракон имел в виду, говоря «они не так просты, как кажутся»?.. А вдруг этот космический тип передумал, избрав для важной миссии кого-то из них? Оливер почувствовал укол ревности. Но все-таки не выполнить просьбу пришельца он не может: дал слово — держи... Значит, придется уговаривать!

Более-менее убедительная речь была составлена, но едва он подошел к собственному жилищу, как из открытой двери квартиры долетел смех — это был Томас! Место дислокации — кухня, и он явно не один... А еще оттуда же доносился ошеломительный аромат свежих булочек с корицей.

Двинувшись на запах, Оливер стал свидетелем идиллической картины: монах, блондинка и сосед пили чай, а посреди стола красовалось уже наполовину пустое блюдо с румяными булочками.

— Привет! Вижу, вы тут уже познакомились, — хозяин квартиры покосился на Томаса, но тот даже не заметил этого: все его внимание было поглощено Оливией, доедающей булочку.

— Угу, и тебе привет, — ответила она, не оборачиваясь. — У тебя классный сосед! Я даже не подозревала, что такое можно приготовить дома.

Едва прожевав лакомство, Оливия потянулась за добавкой. А Том просиял от комплимента.

— Здравствуйте, юноша, — вежливо склонил голову Ардан. — Хочу выразить вам благодарность за ваше гостеприимство. И если мы сможем как-то вас отблагодарить...

— Думаю, сможете! Но про это пусть ОН вам расскажет...

— О, так дракон нас ждет? — сразу же переключилась на другую волну Оливия и вскочила из-за стола.

— Да, и я вас к нему отвезу. Только одну булочку...

Гости в спешном порядке стали собираться, а голодный посланник дракона набросился на угощение. Раз уж сосед больше на него не сердится...

— А мне можно с вами? — раздался вдруг позади неуверенный голос, и Оливер застыл с булочкой во рту.

Его друг смотрел такими несчастными глазами...

— Э-э-эх! Поехали, а почему бы и нет?

Настроение Оливера стремительно улучшалось. Виной ли тому хороший ужин или же поспособствовало предчувствие скорого приключения, кто знает...

— Если мы действительно должны стать командой, то нам понадобится провизор.

Том не заставил себя долго упрашивать: обычно медлительный, теперь он собрался моментально и ровно через минуту стоял возле двери в кроссовках и куртке.

Дракон никак не отреагировал на незваного участника загородной прогулки, да и как он мог это сделать в образе черного пикапа? О том, что машина «непроста», пока знал только Оливер. Остальные же ждали скорого появления инопланетного ящера и, как могли, старались подготовить новичка к этому событию. Для Томаса любые туманные намеки выглядели частью некой забавной игры... Он не сводил глаз с Оливии, не скрывая своего восхищения девушкой, все остальное его ничуть не занимало.

И только когда, оставив автомобиль у дороги, они направились к лесной поляне, парень заподозрил неладное.

— Мы здесь будем кого-то дожидаться? — удивленно спросил он, оглядываясь. — Вы уверены, что это здесь? Что-то пока никого не видать...

— Не волнуйся, сейчас все увидишь, — весело отозвался Оливер, предчувствуя забавный исход.

Дракон уже поджидал компанию на поляне, неизвестно как очутившись там раньше всех. Но, в отличие от других, Томас не представлял, что, точнее — кого он может там встретить. И поэтому, замерев на месте, с минуту лишь тупо глядел на увесистую драконью голову. Прищурив янтарные глаза, чудовище разглядывало землян с высоты нескольких метров. На поляне запала тишина: никто не хотел «испортить» грандиозности момента.

— Это... Это что — дракон? — каким-то бесцветным голосом выдохнул Том, завороженно глядя на космического ящера.

— Во-первых — не «что», а «кто»... — рыкнула рептилия. — А во-вторых — кто же еще? Разве я похож на зайчика или белку?

Бедный Томас чуть заметно качнулся... и рухнул прямо на землю, как срубленное дерево.

— Ох, какие мы нежные... — проворчал ящер, уменьшаясь в размерах.

— Очень смешно — так пугать человека! — вдруг со злостью выкрикнула Оливия и бросилась к неподвижному Тому.

Но сделала это не для того, чтобы суетиться и причитать: приподняв бедняге голову, она отвесила ему две не по-женски мощные оплеухи.

Боевая тактика подействовала: Том быстро пришел в себя. И первый, кого он отыскал глазами, был, конечно же, дракон.

— Вы тоже это видите, да? — бледными губами прошептал впечатлительный друг Оливера.

— А за «это» можно и по лбу отгрести, — пророкотал ящер. — У меня, между прочим, имя есть.

Теперь уже к дракону повернулись все участники небольшой компании, включая Оливера. К своему стыду, он только сейчас понял, что до сих пор не удосужился спросить имя у того, кто прилетел их спасать.

— И как же тебя зовут? — с любопытством спросила Оливия.

— Крейййихххсеттум, — почти торжественно произнес дракон.

— Крейййиихх... — начала было Оливия, но тут же сбилась. — А может, есть какой-то вариант попроще? Для нас, для людей?

— Я забыл, что у вас, у людей, ограниченные возможности, — при этих словах космического ящера Оливия пожалела о своем вопросе. — Вы можете называть меня Крейхом... А сейчас, если больше никто не собирается плюхаться в обморок, я бы хотел продолжить нашу вчерашнюю беседу.

— Пожалуйста, продолжайте, уважаемый дракон, — пролепетал Ардан.

Он до сих пор боялся, что после вчерашней взбучки космический гость не захочет его снова видеть, но, к большому облегчению, тот все же сменил гнев на милость.

— Как я уже говорил, вашему миру угрожает опасность. Горстка людей, обладающих властью и необходимыми знаниями, сейчас в шаге от того, чтобы начать невиданное доселе уничтожение себе подобных. Они хотят «очистить планету» от слишком большого количества представителей вашей расы, выпустив на волю смертельный вирус. Они решили, что имеют право выбирать — кому жить дальше, а кто должен исчезнуть. При этом уверены, что смогут контролировать вирус. Но вот вирус так не думает. Если хотите знать, даже самые мелкие формы жизни тоже обладают сознанием. Оказавшись на свободе, вирус начнет жить собственной жизнью — и осуществит глобальную зачистку. Не останется никого.

— А... как близко они к... воплощению своего замысла? — осторожно спросил Оливер.

То, о чем говорил дракон, выглядело фантастично, однако подвергать сомнению его слова не было оснований.

— Они почти создали свою бомбу. День, два, от силы — пять, при условии, что мои друзья смогут задержать их. Так или иначе — вам всем придется вмешаться. Конечно, если хотите жить дальше. А если нет — тогда у вас будет лишь одна возможность: напоследок ненадолго вкусить радости жизни... И заодно попрощаться с ней, — добавил Крейх.

— Но что же мы в состоянии сделать?! Ведь за всем этим стоят такие могущественные люди! — развел руками Ардан.

— Во всяком случае, можете хотя бы попытаться. Или — умереть достойно, а не как часть покорного стада, которое ведут на убой. Если вы с нами — тогда милости просим на наш плотик посреди океана с акулами.

— А... «с нами» — это с кем? — осторожно спросила Оливия.

Особого страха перед Крейхом она уже не испытывала, но и вызывать его недовольство не стремилась.

— Со мной и Оливером, — объяснил дракон, не глядя на своего «протеже», так спокойно, словно между ними давно уже было все решено и обговорено тысячу раз.

Оливер приоткрыл рот от удивления, но поспешил скорее закрыть его: быть избранником космической силы, пусть даже и такой хвостатой, чертовски приятно.

— Этот юноша обладает некоторыми нужными способностями, но все-таки подучить его не мешало бы. В чем-то я смогу помочь, но в силу анатомических особенностей передавать ему знания по боевым искусствам мне будет затруднительно.

Дракон сощурил глаза, глядя на Оливера так, словно примерялся для спарринга. От такого взгляда по спине парня пробежал легкий холодок.

— Может, кто-то из вас возьмется за это дело?

Крейх внимательно на всех посмотрел: Том при этом непроизвольно втянул голову в плечи, как черепаха, в панцирь.

— Уважаемый дракон, — чуть склонил голову в вежливом поклоне монах, — я вам верю и готов помочь в благородном деле спасения мира. Но обучать этого юношу боевым искусствам... — Он немного замялся, подбирая слова, однако под внимательным взглядом янтарных глаз пришельца вздохнул и закончил свою мысль: — Живя в монастыре, я больше практиковался в медитации и молитве, чем в иных дисциплинах... Боюсь, мои умения слишком скромны, чтобы делиться ими.

— Понятно, — качнул головой дракон. — А что скажут остальные?

— Вообще-то я могла бы немного поднатаскать его... — после паузы произнесла Оливия.

Кроме дракона, на миниатюрную блондинку посмотрели внимательно сразу трое мужчин: один — с сомнением, другой — с легким удивлением, а третий — явно с восхищением. Но девушка нисколько не смутилась.

— И да, я с вами. Как-то обидно окочуриться от какого-то дурацкого вируса. И вообще — не терплю, когда за меня решают хоть что-то. Не говоря уже о том, жить мне или нет...

— Принимается, — кивнул дракон.

В отличие от остальных, предложение девушки нисколько не удивило его.

— Простите... Извините, я... — бедный Том наконец подал голос. — Не знаю, чем бы я мог помочь в таком важном деле... Но я тоже считаю, что это несправедливо — лишать людей шанса на будущее. И мы... В общем — я с вами!

— Вот и отлично, — кивнул Крейх. — Думаю, любая помощь лишней никогда не будет. И надеюсь, не нужно просить вас держать язык за зубами...

— Лучше попроси не описывать эту новость в соцсетях, — пробормотал Оливер, пытаясь переварить полученную информацию.

Чем дальше, тем она казалась все более реальной. И все же он никак не мог избавиться от чувства абсурдности происходящего: он, Оливер Смит, экспедитор фирмы «Сити групп», вдруг стал избранником инопланетного существа, и теперь ему придется делать нечто, о чем он не имеет ни малейшего понятия. Юноша просто не знал, как на все это реагировать.

— Отлично, вот с завтрашнего дня и начнем, — поставил точку Крейх. — А сейчас у меня есть кое-какие свои дела. Связь со всеми я буду держать через Оливера, — добавил он, постепенно растворяясь в воздухе.

Только что был дракон — и нет его, лишь осыпались вниз сосновые иголки с веток.

Все переглянулись.

— Я... точно не один это видел и слышал, правда? — спросил Том с надеждой в голосе.

Но вот с какой именно: то ли на то, что огромный мифологический монстр, предрекающий скорый конец света, окажется галлюцинацией, то ли, наоборот, реальностью чистой воды, — оставалось неясным.

— Правда, — буркнула Оливия, машинально смахивая с курчавой шевелюры Тома застрявшие в ней сухие листья.

Бедняга даже зажмурился, боясь вдохнуть лишний раз, чтобы неожиданно свалившееся на него счастье не испарилось. Но Оливия, похоже, полностью ушла в свои мысли.

— Хорошо, — оставив Тома в покое, девушка повернулась к Оливеру, — коль уж я пообещала... Завтра начнем искать подходящий спортзал.

— Ладно, — легко согласился парень. — Тогда у меня встречное предложение: может, вам с Арданом стоит пока переехать ко мне? Места хватает, и так будет гораздо удобней...

— А если станет тесно, то кто-нибудь мог бы пожить и у меня! — горячо поддержал соседа Том. — Например, Оливия... В моей квартире найдется отдельная комната! — сразу же добавил он.

Однако блондинка оставила его предложение без внимания.

— Да, это было бы неплохо... — рассеянно кивнула она Оливеру.

— Тогда едем за вещами, — поставил точку пикапер, и вся компания двинулась к автомобилю вслед за ним, как бы признавая за парнем право принимать решения.

Кажется, именно это было наиболее удивительным во всей сложившейся ситуации. Оливер — волею судьбы или дракона — вдруг оказался на позиции лидера! Ощущения непривычные, волнующие и очень приятные.

А неожиданно притихший лес вокруг перестал быть чужим и враждебным. Теперь это был союзник — в невероятных встречах существа из иного мира с жителями Земли.

ГЛАВА 33

Подъехав к хостелу, Оливер остался ждать, пока его новые знакомые соберут свои нехитрые пожитки. Том вызвался сбегать в ближайший супермаркет, чтобы закупить немного провизии.

Ночлежка находилась на одной из маленьких улочек возле центра города, и здесь особенно ярко светили уличные фонари и разноцветными огнями переливались неоновые вывески реклам. Из небольших кафешек, заполненных отдыхающими, несмотря на позднее время, доносились звуки легкой музыки. Взад-вперед сновали машины, и влюбленные парочки прогуливались, любуясь неоновой красотой вечернего Мидлтауна.

Оливер, наблюдая за ними, вдруг поймал себя на тревожных мыслях.

«Неужели в чьей-то больной голове действительно живет план уничтожить все это?» — подумал он. И фантазия тут же услужливо нарисовала пустые улицы, по сумрачным дорогам которых холодный ветер несет ошметки мусора. Брошенные автомобили с открытыми дверцами, распахнутые окна, и тишина — жуткая, неестественная, когда вокруг нет не только людей, а вообще никого живого...

Он почувствовал, как по спине пробежали мурашки. Неужто такое может случиться?

«Может», — прозвучал голос дракона у него в голове.

— Ты что, теперь и мысли мои читаешь?! — воскликнул Оливер.

От неожиданности он произнес эти слова вслух.

«Тоже мне, увлекательное чтиво, — фыркнул Черный дракон, возвращаясь к своей обычной грубовато-насмешливой манере общения. — Было бы что читать!»

«И все же?» — настаивал молодой человек.

Вывод о том, что кто-то читает его, как раскрытую книгу, не казался Оливеру забавным. При этом он даже не заметил, что и сам начал общаться с драконом без слов.

«Так уж вышло, что мы с тобой связаны, поэтому можем телепатически поддерживать контакт. Кстати, „читать мысли" — неправильная формулировка. Скорее — „считывать вибрации, из которых мысли формируются в слова"... Правда, все твои мысли и так написаны у тебя на физиономии, так что ничего нового я не узнаю. Нет повода переживать...»

«Утешил, — вздохнул юноша. — Но подожди! Это значит, что и я могу читать твои мысли?»

«Нечто в таком роде, — уклончиво ответил Крейх. — Однако для этого надо еще потренироваться!»

Оливер уже собирался задать очередной мысленный вопрос — как вдруг его будто обожгло жаром пламени: из-за угла дома показалась знакомая изящная фигурка. Только на этот раз черные волосы не были стянуты в высокий хвост, а свободно струились по спине шелковистым водопадом.

— Алекс?!

— Оливер?!

Они сказали это одновременно, с удивлением разглядывая друг друга — будто встретились впервые. Алекс — в джинсах, кроссовках и короткой курточке — выглядела еще более привлекательно, чем в строгом офисном наряде. Она шла одна.

— А ты...

— Я живу тут неподалеку, — улыбнулась девушка, подходя ближе.

— А я... жду своих знакомых — обещал их подбросить.

— Ты выглядишь как-то по-другому, — вдруг промолвила Алекс, смутившись от своих слов. — Как твои дела? Тебя не было видно в последнее время.

— Оливер, открой багажник! — послышался громкий голос Оливии, и «сладкая парочка», нагруженная рюкзаками, двинулась к автомобилю.

Юноша торопливо подошел к блондинке, чтобы подхватить рюкзак, — девушка все еще немного хромала. Неожиданно Оливия, весело блеснув глазами, оперлась рукой на его плечо, хотя до этого упрямо игнорировала помощь. Слегка растерянный, Оливер не смог, конечно же, сбросить ее руку — и так, в полуобнимку, провел к машине, где девица сразу же плюхнулась на сиденье рядом с водителем.

Алекс, наблюдавшая эту сцену, по-прежнему улыбалась Оливеру — будто ничего не произошло. Но сам парень чуть ли не шипел от злости: глупая блондинка! Нашла время притворяться слабой! Теперь Алекс неизвестно что о нем подумает...

— Вы, кажется, спешите, — отбросив со лба прядь волос, спокойно произнесла она. — Хорошего вам вечера!

— И тебе хорошего... — пробормотал Оливер, наблюдая, как девушка поворачивается, чтобы уйти. И вдруг бросился вдогонку: — Выпьем завтра кофейку? В «Релаксе», — выдохнул он, сам испугавшись собственной смелости.

Алекс, кажется, выглядела не менее удивленно: она смотрела на него как-то очень внимательно, с искренним интересом.

— У тебя на завтра есть заказ для нашего салона?

— Я еще не знаю, — честно признался он. — Но это неважно — для хорошего кофе всегда найдется время. И... для хорошей компании.

— О'кей, я не против, — улыбнулась Алекс, и у Оливера словно гора с плеч упала.

Кажется, только что он назначил понравившейся девушке свидание — пускай это совсем ненадолго, всего лишь чашка кофе в обеденный перерыв, но... Но Алекс согласилась!

— Тогда до завтра!

Повернувшись, девушка убежала прочь, а счастливый юноша все еще продолжал стоять на месте, глупо улыбаясь.

— Эй, ты случайно не уснул?

Только сейчас Оливер заметил стоявшего рядом Томаса с пакетами в руках.

— О, ты уже? Тогда поехали, — кивнул пикапер и двинулся к машине.

«Поздравляю, — раздался в голове голос с явной примесью ехидцы. Ну конечно, это был Крейх. — Кажется, ты только что придушил один из своих страхов. Хотя до того этот страх едва не придушил тебя...»

«Неужели обязательно все комментировать?!» — возмущенно парировал Оливер, плюхнувшись на водительское место.

«Обязательно, — спокойно ответил голос дракона. — Не забывай — сейчас ты проходишь курс обучения. И учитель для тебя — я! Поэтому буду оценивать каждый твой шаг...»

«Крейх! Кажется, я говорю с тобой... мысленно?»

«Поразительная наблюдательность! Ты только теперь это заметил?..»

Автомобиль уже несколько минут мчал по улицам города, а Оливер все еще не мог поверить: он, никогда не отличавшийся особыми талантами, вдруг вот так запросто общается при помощи мыслей!

«Для меня это что-то абсолютно невероятное, — наконец произнес, а вернее, подумал парень. — Это примерно то же, что и научиться дышать под водой...»

«Бывает, — смягчился дракон. — А ведь тут нет ничего необычного — просто люди разучились это делать».

«Читать чужие мысли?»

«Настраиваться на волну друг друга, чтобы чувствовать эмоции с вибрациями. Представь, сколько проблем отпало бы, если бы люди научились хотя бы отличать ложь от правды...»

«Тогда бóльшая половина всего человечества просто не смогла бы вести свои дела, — усмехнулся Оливер, — а государства — функционировать».

«Да уж, заврались вы все тут — будь здоров», — проворчал дракон.

«А смогу ли я с тобой общаться таким образом, если ты будешь далеко?»

«Километры не имеют значения, ведь для мысли их нет. Я смогу услышать тебя даже с другого конца Вселенной, коль ты сумеешь позвать меня достаточно мощно».

«Это значит, что и мои мысли ты в любое время можешь читать с любого конца Вселенной?» — Оливер несколько напрягся.

«Эка ценность! — передразнил его дракон, но потом со вздохом пообещал: — Хорошо, если это тебя так волнует, обещаю, что не буду читать твои мысли без специального разрешения. Только в том случае, когда ты сам позовешь меня».

«Правда?» — в голосе юноши слышалось сомнение.

«Я еще не настолько прижился здесь, чтобы врать так же, как вы... Так что да, правда! Даю честное слово Черного дракона!» — торжественно добавил ящер, и его собеседника это вполне удовлетворило. Несмотря на всю «вредность характера», космический пришелец, кажется, дорожил своим словом и честью.

«А если...» — начал было Оливер, но дракон прервал его:

«Хватит болтать! Выгоняй своих гостей — без тебя разберутся, а у нас есть еще одно дельце».

Только сейчас Оливер с удивлением заметил, что почти подъезжает к своему дому. Как такое могло быть? Даже при нормальном движении, без городских пробок, путь к дому от центра Мидлтауна занимал около двадцати минут. А столько продолжаться их разговор просто не мог! Неужели со временем тоже творится что-то странное?

«Да что там время! Весь мир переворачивается с ног на голову», — подумал он и покосился на автоприемник, ожидая очередной реплики дракона. Но ее не последовало — Крейх действительно держал свое слово.

— У меня осталось еще одно дело, — как можно более спокойно произнес Оливер, паркуясь у края тротуара. — Так что располагайтесь пока, а я скоро вернусь.

— Поедешь мириться со своей девушкой? — хитро блеснула глазами Оливия. — Кажется, она приревновала тебя...

— Алекс — очень умная и не станет... — начал было он, но тут же осекся. — И никакая она мне не девушка. Просто... знакомая.

— Коллега? — с абсолютно невинным видом осведомилась блондинка.

— Нет, скорее клиентка... Она работает в салоне, куда я вожу косметику. Возил...

— А, ну понятно... — Оливия уже выбралась из машины и протянула свой рюкзак Тому.

— Том, ты за старшего! — махнул рукой Оливер, возвращаясь за руль.

— Не беспокойся, я обо всем позабочусь! — отрапортовал Том, а затем скрылся за дверью.

— Не сомневаюсь, — вслед ему сказал Оливер.

Зная Томаса не один год, он еще никогда не видел его таким цветущим. И главное, из-за кого — из-за нагловатой и вредной девчонки, с которой неплохо бы держать ухо востро. А он растаял, как мороженое под солнышком, стоило ей пару раз улыбнуться ему...

— Ну, и что у нас за дело? — обратился Оливер уже вслух к своему автомобилю.

Идущий мимо случайный прохожий с удивлением покосился на странного водителя — и быстрее пошел прочь. Парню оставалось лишь рассмеяться: кажется, за эти несколько дней он настолько привык ко всяким чудесам, что беседа с пикапом абсолютно не напрягала его и выглядела вполне естественно.

— Куда мы сейчас?

Влажный после недавнего дождя асфальт в свете уличных фонарей переливался цветными брызгами. Время близилось к полуночи, и улицы города заметно опустели. Пикап ехал в сторону окраины — Оливер, оставаясь на месте водителя, комфортно чувствовал себя пассажиром.

— По-моему, у тебя не все в порядке с быстротой принятия решений, — туманно объяснил дракон, — то есть с реакцией. Именно это будем исправлять.

— А лучше времени ты выбрать не мог? Уже почти двенадцать...

— Вот-вот! Уличные гонки начинаются именно сейчас, — весело сообщил Крейх, однако Оливер такому повороту совсем не обрадовался.

— Уличные гонки? Но они же запрещены...

— Конечно, запрещены! — фыркнуло радио. — И что из этого? Неужели будем ждать, пока разрешат?

— Но зачем нам гонки? Я и так отлично вожу машину.

— Тогда тебе незачем переживать. Просто выиграй, — ехидно ответил дракон, тормозя рядом с вывеской придорожного кафе «Роуд лайф».

Именно отсюда стартовали участники ночных заездов. Оливеру доводилось слышать о них, но он никогда не видел этих лихачей собственными глазами. Теперь же рядом с кафе толпилось десятка два самых разнообразных автомобилей, попадались очень даже необычные модели, явно нарочно приспособленные к подобным состязаниям. И конечно же, среди них не было ни одного пикапа.

— Эй, парень, чего тебе? Уберись с дороги!

Рядом нарисовался высокий худой тип, его длинные, темные и явно давно не мытые волосы были стянуты резинкой в хвост.

— Я... хочу принять участие, — выдохнул Оливер, внутренне сжимаясь.

В тот момент он проклинал дракона за эту безумную идею и за то, что не дал хоть как-то подготовиться. Но шансов на отступление не было, да и показать себя слабаком в глазах космического пришельца хотелось меньше всего.

Тип удивленно поднял брови, его длинное, слегка лошадиное лицо скривилось в усмешке, он хотел было ляпнуть что-то едкое, но, встретившись с хмурым взглядом Оливера, передумал.

— Ты уверен? — только и спросил у новичка. — Старт через пять минут. Участие — сто баксов. Победитель получает всё.

— Понятно, — кивнул водитель пикапа и нахмурился еще больше.

В какую заморочку он ввязывается? Если его поймает полиция, то штрафом в сто баксов тут не отделаешься.

— Только наличные, брат, — предупредил тощий и, пока Оливер озадаченно рылся в бумажнике, спросил уже помягче: — Правила знаешь?

— Не очень... То есть не знаю, — признался пикапер, с облегчением доставая из кошелька необходимую сумму.

Хорошо еще, что кошелек дома не оставил, а то бы не избежать ему позора.

— Стартуют все вместе, нужно объехать «Лаки стар» и первым вернуться обратно.

— Теперь понятно, — вздохнул Оливер.

Затея нравилась ему все меньше: «Лаки стар» — небольшой арт-объект на «зеленом островке» перекрестка — находился практически в центре Мидлтауна. Значит, шансы нарваться на полицию и схлопотать за превышение были очень даже высоки. К тому же на этом перекрестке всегда много машин.

— На старт! — взвизгнул высокий девичий голос и одновременно с этим послышался пронзительный свист.

— На старт, участники!

Автомобили двинулись к условной черте — зебре пешеходного перехода. Не теряя времени, Оливер подъехал туда же.

ГЛАВА 34

Из приоткрытых окошек других автомобилей слышались звуки музыки. Многие водители здоровались между собой, как старые приятели, некоторые беззлобно переругивались — складывалось впечатление, что большинство из них хорошо знакомы. И только он со своим пикапом казался белой вороной в стае. Вернее, большой черной вороной среди стайки быстрокрылых легких птичек. Почти все поглядывали на грузный пикап с недоумением. Некоторые шоферы и зеваки, собравшиеся, чтобы поглазеть на гонки, не скрывали своих насмешек.

— Ты бы еще на танке прикатил, — ухмыльнулся огромный верзила за рулем ярко-красного родстера.

Свой мощный торс он затянул в кожаный жилет, а руки были голыми, предплечья почти полностью покрывали сложные вычурные татуировки.

— Но ведь по правилам любые автомобили могут участвовать в гонке, — возразил Оливер, хотя и не был в этом уверен.

Однако татуированный тип согласно кивнул, не меняя своей глумливой ухмылки.

— Старт! — выкрикнул высокий женский голос, и рев двигателей поглотил все звуки.

Водитель пикапа растерялся лишь на долю секунды, а затем рванул тоже. Маневр оказался не слишком удачным: машина дернулась, но тут же полетела вперед, догоняя остальных. И сразу же получила ощутимый удар в бок от невесть откуда подскочившего внедорожника. Едва не потеряв управление, Оливер все же сумел удержать свой автомобиль на дороге.

Впереди мелькали огни фар удаляющихся участников гонки. Юный пикапер нажал на газ, но вынужден был сбросить скорость, оказавшись в опасной близости от виляющего прямо перед капотом соперника. Черный пикап явно отставал.

— Крейх! Ты не собираешься мне помочь? — не выдержал парень.

Дракон безмолвствовал, однако Оливер уже и сам понял, каким будет ответ. Космический гость устроил ему испытание — и пока что молодой человек безнадежно проигрывал.

— Ну что ж... — проворчал он и крепче стиснул руль.

Прежняя растерянность быстро улетучивалась — ее заменяла растущая злость.

«Ты считаешь, мне слабо́? Ну, держись, камин крылатый!» — подумал он, вдавливая в пол педаль газа.

Пикап не сопротивлялся: несмотря на то что стрелка скорости влипла в крайнюю отметку спидометра, автомобиль продолжал ускоряться — хоть в этом дракон решил его поддержать.

Крайних «с хвоста» участников он нагнал довольно быстро, аккуратно протиснулся между ними и уверенно ринулся дальше. Азарт гонки вдруг накрыл его с головой: куда-то исчезло волнение, неуверенность, злость на хитрого дракона. Осталось лишь эйфоричное ощущение скорости, огни фар и темное полотно дороги впереди. Сердце стучало гулко и весело: тут-тук — еще двое соперников остались позади; тук-тук — машину немного занесло на повороте, но он выровнял бег пикапа и погнал дальше. Один за другим соперники оставались позади, и как-то неожиданно быстро Оливер оказался на улице города, ведущей к «Лаки стар». Не сбавляя скорости, он мчался вперед.

Затормозив перед самым изгибом асфальтовой петли, машина боком лихо влетела в поворот и прошла его, скользя по блестящей в свете фар ленте асфальта. Теперь Оливер был предельно сосредоточен: впереди оставалось не так много соперников. Послушный его командам, пикап проходил виражи городских дорог, словно был продолжением того, кто им управлял.

Время вдруг вздрогнуло и поменяло свою интенсивность: все закружилось в плавном, неторопливом танце — яркий свет габаритных огней, будто размазанный по воздуху, движение остальных автомобилей, которые словно «подвисли» и решили отдохнуть, замерев на месте и едва вращая колесами. Даже звуки музыки казались замерзшими и дрожали, нанизанные на мелодию, как на ниточку. Но удивления не было: эмоции тоже затормозились, и только мысли, уже не облаченные в слова, работали четко и слаженно. Теперь двигаться сквозь толпу машин-черепах больше не составляло труда: похоже, время замедлилось лишь для соперников, а для черного пикапа оставалось прежним. Не анализируя странные вещи, творящиеся вокруг, Оливер снова вжал в пол педаль газа.

Только когда впереди раздался восторженный свист и крики толпы, приветствующей победителя, он вышел из транса и очнулся, удивленно хлопая глазами.

— Ну, парень! Во дает!

— Браво!

— Супер!

— Пикап рулит! Охо-хо! — раздавалось со всех сторон.

Остальные участники, один за другим, тоже пересекали финишную черту. Их разделяло всего-то несколько секунд, но это было уже неважно — победитель всегда один.

Тип с конским хвостом на затылке, расталкивая зевак, толпившихся у черного пикапа, протиснулся к Оливеру.

— Ну ты, брат, крут! А еще — «правил не знаю»... Это было красиво! Особенно когда ты перед финишем вдруг скорость набрал... Что у тебя за движок?

— Военная тайна, — улыбнулся Оливер, принимая немного трясущейся рукой стопку купюр и краем глаза отмечая завистливые взгляды других водил.

— Красавчик! — слышалось вслед, когда он, вскинув руку в приветственном жесте, плавно отчалил восвояси, оставляя возбужденно гудящий островок гоночных соревнований.

— Неплохо, — отозвался приемник голосом Крейха. — Получается, можешь, если захочешь? Тебя надо только посильнее к стенке притиснуть, чтобы не было возможности сбежать.

— Крейх, что это было? Ну, когда минуты начали растягиваться...

— Узнаешь в свое время, — пробурчал дракон. — Не спеши... Дуй пока домой, отдыхай!

Приемник зашипел и выключился, давая понять, что разговор окончен.

Преисполненный противоречивых эмоций и мыслей, Оливер действительно отправился домой, жалея, что поделиться новыми невероятными ощущениями и опытом ему не с кем: ведь, чтобы понять, как это на самом деле, нужно самому пережить подобное...

ГЛАВА 35

В этот раз Оливии не пришлось лукавить, чтобы скрыть свои ошибки: именно они, неожиданно сложившись стройной цепочкой, привели ее к нужной позиции. Но подробности ее собственных приключений шефу знать совсем необязательно: все, что его сейчас интересует, — дракон. Поэтому, выйдя на связь в условленное время, девушка очень осторожно начала свой отчет о космическом пришельце. «Осторожно» — чтобы шеф не посчитал ее сумасшедшей после всего услышанного.

Однако эти опасения оказались излишними: мистер Блэк так увлекся ее рассказом, что несколько раз просил не спешить и припомнить все детали. Не меньше дракона шефа заинтересовал Оливер, ведь если его выбрал для какой-то своей миссии сам пришелец — значит, было в этом парне что-то особенное. Председатель не верил в случайности.

— Свяжешься с Мэдом и сообщишь ему все, что знаешь об этом типе. Пусть спецы соберут о нем как можно больше информации, — распорядился мистер Блэк. — И не только о нем, но также о его родных и близких — в общем, обо всех, через кого можно к нему подобраться.

— Принято, шеф, — ответила девушка. — Правда, на первый взгляд, по-настоящему близких людей рядом с ним нет. С родственниками, похоже, он не очень часто общается, и ближе всех к нему — его сосед Томас. Мне удалось войти в доверие обоих парней, — не без гордости добавила она. — Они даже приняли меня в свою команду.

— Умница, — похвалил Оливию шеф, в тоне которого слышалось, что он пребывает в отличном расположении духа. — Другого я от тебя и не ожидал. Продолжай играть свою роль и постарайся выудить как можно больше информации.

В трубке послышался длинный и настырный гудок еще одного звонка. Председатель, хмыкнув, попросил подождать минуту.

— Да, доктор, — услышала Оливия немного раздраженный голос шефа, тот разговаривал с кем-то по второй линии. — Кажется, я разрешил вам звонить по этому номеру лишь в крайних случаях!.. Как белки?! Какие такие белки вокруг лаборатории, черт вас всех побери?! — взорвался вдруг он. — Сколько?! Уничтожить! Немедленно! «Гринпис»? Идиоты!..

— Оливия, действуй по плану, — обратился он уже к девушке и нажал кнопку отбоя.

«Вы там с ума все посходили?!» — успела услышать она перед тем, как связь прервалась, и даже немного посочувствовала невидимому доктору, который был вынужден сообщать шефу плохие вести. К чему это могло привести, девушка знала не понаслышке...

Однако сама она выполнила свою работу отлично, и волноваться ей было не о чем. Все складывалось как нельзя лучше — ведь и Оливер, и его друг Том принимали ее за свою. Даже этот придирчивый монах, кажется, ничего не заподозрил.

Не теряя времени, она связалась с Мэдом и выложила ему все, что смогла узнать о доверенном лице инопланетного ящера. Уже заканчивая свой отчет, добавила:

— Кажется, у него есть девушка. Зовут ее Алекс, брюнетка, работает в салоне красоты в здании «Соло», что на площади Арбор.

— Принято, — буркнул Мэд на том конце провода.

Похоже, он был не очень доволен тем, что центральная роль в важном, вероятно, деле досталась не ему, а субтильной блондинке, но открыто свое недовольство Мэд проявлять не стал.

— Тогда до связи, — поставила точку Оливия и наконец-то выдохнула с облегчением.

Нудное и мутное дело неожиданно превратилось в захватывающее приключение, и теперь она сама не знала, чего ждать дальше. Лишь одно не подлежало сомнению: можно смело рассчитывать на хороший гонорар к отпуску после успешного для нее (и для шефа, разумеется) финала этого дельца.

В приподнятом настроении девушка поспешила обратно к квартире Оливера — не стоит давать кому-то повода для лишних подозрений.

ГЛАВА 36

Мобильный запиликал, когда Оливер после обеда возвращался к рабочим обязанностям.

— Я нашла подходящий спортзал! — энергично сообщила Оливия. — И даже успела переговорить с хозяином: он не против, если мы за небольшую плату будем заниматься в ночное время. Можем хоть до утра!

— А почему ночью? — без особого энтузиазма спросил Оливер.

Он как раз отъезжал от здания «Соло» после встречи с Алекс, и теперь его мысли блуждали отнюдь не по дорожкам спортивных свершений.

— Ну, можно, конечно, и днем — всем будет интересно познакомиться с твоим космическим другом, — хмыкнула девушка.

— А, ну да... — рассеянно согласился он. — Ты права... Ладно, тогда до вечера, я сейчас занят.

— А тебе не кажется, что нужно было бы сосредоточиться на чем-то одном? — язвительно произнесла Оливия. — Твоя работа в сравнении с тем, что нам всем угрожает, — просто пустяк.

— Я об этом подумаю, — отмахнулся Оливер и нажал «отбой». — «Пустяк»... — проворчал он. — Интересно, а на что мне жить?

...С самого утра дракон никак не реагировал на попытки Оливера поговорить с ним. Кажется, черный пикап снова стал просто автомобилем. И когда парень вернулся в обычное русло повседневной жизни, последние ошеломительные события постепенно стали терять свою правдивость и жизненность, превращаясь скорее в очень реалистичный сон. Алекс, ее улыбка, завораживающее тепло карих глаз, нежная ладонь, которую он до сих пор ощущал в своей руке, — именно это было реальным и настоящим. Странная же компания, что тусовалась сейчас в его квартире, теперь выглядела сплошным недоразумением.

Алекс была очень мила с ним. Она больше не появлялась в кафе в сопровождении своего коллеги, который показался Оливеру таким неприятным. Вот и сегодня пришла одна, и они опять устроились вместе за маленьким столиком, где попивали ароматный кофе. Они снова говорили — вроде ни о чем и в то же время обо всем на свете. Час пролетел, словно несколько минут. Перед тем как убежать, она, как бы невзначай, спросила о вчерашней блондинке в его машине — кто эта девушка? Оливер начистоту ответил: это всего лишь знакомая, которой он помогал перевозить вещи. Однако его слова, похоже, не развеяли сомнений Алекс. И это неожиданно польстило парню — сорняки ревности, как известно, на пустом месте не растут.

Пообщаться с пикапом так и не вышло — дракон упрямо не отвечал. И, образцово сдав отчет о проделанной работе (чем удостоился еще более задумчивого взгляда Евы), Оливер в приподнятом настроении поехал домой. Правда, едва переступив порог квартиры, он сразу же засомневался — не ошибся ли дверью? Звуки странной музыки, больше похожей на завывание, звучали из плеера, а на ковре в гостиной среди разбросанных подушек и полного беспорядка недвижимо застыли три «лотоса».

— О, дружище Оливер, привет! — первым очнулся Том и кивнул ему на подушку рядом. — Присоединяйся, Ардан как раз дает урок медитации. У меня даже начало получаться!

— Угу, когда я силком скрутила тебя в позу лотоса, — сквозь зубы проворчала Оливия, не открывая глаз.

— Правда, не уверен, что смогу сам подняться... — добавил Том, осторожно освобождая ноги.

— Ох уж эти мужчины... — выдохнула девушка, легко встала сама и, схватив Тома за шиворот, одним рывком подняла ботаника в вертикальное положение.

— Ну что, перекуси чего-нибудь — только не очень старайся, чтобы не пришлось потом расстаться с ужином, и пошли заниматься делом! — деловито заявила она.

Оливер в ответ поморщил нос.

— Может, сначала не мешало бы здесь убрать? — он неопределенно махнул рукой на комнату.

— Брось! Как будто до нас тут было чище, — скорчила гримасу в ответ Оливия.

— Все равно уборка не повредила бы, — настойчиво повторил хозяин квартиры.

Сам не зная почему, он почувствовал, как нарастает злость. Чего ему сейчас хотелось по-настоящему — это залезть в Интернет, припомнить прослушанные лекции на тему пикапа (кажется, наконец-то они смогут ему пригодиться!). Ему совсем не улыбалось менять привычный отдых после рабочего дня на тренировку в спортзале.

— Я тебе не уборщица! А если мы мешаем, то незачем было нас приглашать, — отрезала не слишком-то любезная блондинка и, гордо вздернув нос, поковыляла на кухню.

За ней следом отправился Том, успев лишь виновато пожать плечами — мол, женщины, они такие.

Ардан приоткрыл один глаз, моргнул им и закрыл снова, не меняя позы для медитации — и одновременно давая понять, что все происходящее его мало касается.

— Ах так! — прорычал Оливер, вернувшись к вешалке, чтобы повесить одежду.

Эта ситуация разозлила его еще больше. И неожиданно для себя (скорее просто по причине вредности) он достал из тумбочки в углу давно забытый пылесос и демонстративно приступил к уборке.

Несчастные пауки, за многие недели безбедной жизни потерявшие бдительность, теперь в ужасе разбегались от яростно ревущего зверя. Но кроме них, кажется, больше никто не обратил особого внимания на жужжащий протест Оливера. Двое одновременно высунули носы из кухни, переглянулись, пожали плечами, а потом просто закрыли дверь. Ардан так и не прервал медитацию — пришлось пылесосить вокруг него. Уже сам понимая, что зря затеял все это, Оливер хотел было остановиться, но тут гордость взыграла в нем, и он мужественно прошел до конца свой крестовый поход с пылесосом.

— Ну что, мы идем или ты еще окна вымоешь? — нахально спросила Оливия, пока хмурый как туча парень запихивал чудо-технику обратно в тумбочку.

Проворчав что-то невразумительное, он отправился на кухню.

Правда, ее состояние его приятно удивило: никакой грязной посуды, вазочка с печеньем и сковородка с омлетом на плите. Не иначе как Томас постарался.

Быстро прожевав кусок омлета и отхлебнув из чашки заботливо приготовленный для него чай, Оливер на ходу подхватил горсть печенья из вазочки и вернулся к остальным.

— Идем, — не особо радостно вздохнул он и поплелся в прихожую.

— Эй, а переодеться в спортивную форму не хочешь? — остановила его Оливия.

Юноша посмотрел на обнаглевшую блондинку теперь с мало скрываемым раздражением.

— Не волнуйся, я и в джинсах смогу накостылять тебе!

Он был явно не в духе, к тому же уставший после работы, поэтому эмоции не сдерживал.

— Ты... мне?! — девушка, тоже поедавшая печенье Тома, едва не поперхнулась. — Ну, попробуй, — уже спокойно добавила она, опасно сузив глаза.

А монах наконец-то поднялся с пола и смотрел на них с искренним интересом.

— Ребят, ну зачем вы ссоритесь? — Том встал между ними, на всякий случай расставив руки. — Мы все собрались вместе, чтобы помочь дракону...

— Дракон улетел по своим делам, — все еще сердито ответил Оливер. — И ничего не просил вам передать.

— Может, тогда нам лучше просто убраться отсюда? — Оливия сейчас была на грани фола, но останавливаться не собиралась. Подумаешь, этот слабак посмел заявить, что намылит ей шею!..

— Давайте успокоимся и подождем, пока Черный дракон изволит вернуться, — вмешался в ссору Ардан.

Его спокойный голос повлиял на них, словно порыв освежающего ветра, и ссорящаяся парочка как-то враз присмирела.

— Думаю, он не слишком обрадуется, если между нами поселится раздор, — так же спокойно добавил старик.

— Ладно, проехали, — вздохнула Оливия. — Я обещала дракону...

— Извини... — буркнул Оливер, опустив глаза.

Его боевой запал иссяк, и он едва не покраснел из-за своей агрессивности. Как-то некрасиво получалось: он сам пригласил этих двоих в свой дом, чтобы они помогли уладить важное дело, а теперь за какой-то там беспорядок чуть не выгнал их.

— Так мы идем?

Том, еще тот миротворец, едва не прыгал на месте от радости перемирия. Кажется, он единственный из всех относился ко всему с детской непосредственностью и открытым сердцем — без сомнений и подозрений.

— Тут недалеко, — Оливия охотно сменила тему.

Уже не пререкаясь, вся компания вышла на улицу и двинулась в сторону спортзала.

За это время город успел сменить наряд и теперь сиял ночными огнями, а размытое марево от уличных фонарей подкрашивало темнеющее небо. Немного застоявшийся городской воздух нес в себе запахи бензинных паров и вечерней влажности, но пыльная улица явно скучала по хорошему дождю...

ГЛАВА 37

Храня молчание, все четверо добрались до места — идти действительно пришлось недолго. Оливер даже удивился: сколько он уже здесь живет и ходит по этой улице, а вывеску спортивного зала никогда не замечал.

Когда они спустились в полуподвальное помещение обычного жилого дома, Оливия нажала кнопку звонка. Парнишка-сторож безбоязненно открыл незнакомцам и, узнав девушку, пригласил их войти.

Помещений было несколько — зал с тренажерами, зал с боксерскими грушами и еще один — самый просторный, в нем полы были застланы матами, а в одном из углов стояли две маленькие скамейки. Именно сюда и направился охранник, за ним двинулись все остальные.

Щелкнул выключатель — и два узких светильника на потолке, замерцав, наполнили зал тусклым голубоватым светом.

— Занимайтесь, сколько хотите, — кивнул паренек, удаляясь.

Наверное, они были на его памяти не единственными, кто по разным причинам предпочитал ночные занятия, и причины эти его никак не касались.

— Ну что, с чего начнем — с азов или у тебя уже есть какая-то подготовка?

Оливия, разувшись, легко ступила на маты. Нога у нее, конечно, болела, но не настолько, чтобы отказать себе в удовольствии немного прищучить будущего ученика. Никого учить ей еще не доводилось — она сама до сих пор числилась в ученицах у Сенсея, но — тысяча процентов гарантии — справиться с этим заносчивым городским мальчишкой даже с больной ногой не составит труда.

— Я немного учился вольной борьбе, — неуверенно пробормотал Оливер, тоже разуваясь и подходя ближе к девушке. — Поэтому кое-что знаю...

— Отлично! — обрадовалась девушка. Бить кого-то совсем уж «сырого» — несолидно, а тут даже «учился». Чему-то... как-то... когда-то. — Значит — в спарринг. Покажи, что ты умеешь. Нападай!

Оливер угловато повторил базовую стойку Оливии, подходя ближе, но пока только переминался нерешительно с ноги на ногу.

— Давай же! К чему твои манеры, здесь они не помогут! Забудь, что я девушка, сейчас я твой соперник, — раззадоривала его Оливия. — Нападай! Или точно получишь в нос!

Последняя угроза подействовала — Оливер ринулся напролом, размахивая руками. Еще миг и... мат кувыркнулся в воздухе и жестко приложил его по щеке. Недоуменно моргая глазами, парень поднялся с пола. Как это у нее получилось?!

— Подъем, хватит разлеживаться! — радостно щебетала Оливия. Кажется, все это действо доставляло ей явное удовольствие. — Нападай!

Уже без особых стеснений Оливер бросился на соперницу — и тотчас снова упал на лопатки. И еще один раз, и еще...

Оливия остановилась примерно после десятого броска, когда немного дрожащие руки Оливера, на которые он попытался опереться, чтобы подняться, непослушно разъехались в стороны.

— Так... Подготовка — как бы тебе сказать? Никакая, — честно призналась она. — Надо хорошо поработать, чтобы дотянуть тебя хоть до какого-то уровня.

Осуществив свою маленькую месть, Оливия пыталась быть объективной. Но вот все благие помыслы Оливера вылетели из него — наверное, от хорошей встряски.

— А меня все устраивает! — зло выдохнул он, отдирая себя от пола. — И вообще... Я не собираюсь ни с кем драться!

Поднявшись наконец-то на ноги, не слишком уверенной походкой парень под молчаливые взгляды товарищей направился к выходу. Сообразив, что забыл обуться, так же молча вернулся, кое-как нацепил обувь и пошаркал прочь.

— Эй, а может, передумаешь? — бросила ему вдогонку Оливия. — Томас тоже ничего не умеет, будете тренироваться вместе.

— Спасибо, обойдусь, — хмуро буркнул неудавшийся боец и, не оглядываясь, пошел дальше.

И только вдохнув сырой городской воздух, немного успокоился.

— Да пропади оно все пропадом! Может, все это вообще выдумки. Может, у нас галлюцинации были! Коллективные. А потом они развеялись и остался... остался... ничего не осталось!

Засунув руки в карманы поглубже и опустив голову, парень побрел по улице куда глаза глядят. Он чувствовал себя униженным. Эта девчонка просто поиздевалась над ним. Но думать об этом совершенно не хотелось. Все, на что сейчас хватало сил, — молча шагать с угрюмым выражением лица.

Услышав радостную птичью трель, он не сразу понял, что звонит его мобильный. Достав телефон из кармана, Оливер с минуту тупо смотрел на экран. «Алекс» — высвечивалось там. Да, именно сегодня она дала ему свой номер, и он сразу же поставил на ее контакт эту птичью музыку. А теперь девушка звонила ему сама, да еще вечером!

Дрожащей рукой он нажал кнопку.

— Алло? Алекс?

Оливер ожидал услышать какой угодно голос — усталый, игривый, жизнерадостный, может, немножко расстроенный чем-нибудь... Но только не такой — смертельно перепуганный, дрожащий от страха и отчаянья.

— Оливер!!!

— Алекс, это ты? Что случилось?

— Оливер, помоги мне!!! — еще больше отчаянья и какой-то приглушенный всхлип.

— Алекс, где ты?!

— Твоя девушка у нас, — прозвучал как гром среди ясного неба зычный мужской голос с легким акцентом. — И если хочешь получить ее обратно живой и невредимой, то будешь паинькой и сделаешь все, что тебе скажут. Это понятно?

— Но кто вы?! Что происходит?! Где Алекс?! Что нужно сделать?!

— Слишком много вопросов, — в этом спокойном уверенном голосе звучала насмешка. — Но ты получишь на них ответы в свое время. А пока будь благоразумным и не распространяйся о нашей беседе. Думаю, не стоит говорить, что полиция тебе не поможет.

— Но что вам нужно?! — выкрикнул Оливер, не волнуясь о том, что парочка прохожих испуганно шарахнулась в сторону.

— Просто веди себя тихо и жди дальнейших инструкций — для твоей подружки так будет лучше... Да, и не пытайся найти нас — это бессмысленное занятие. Ты меня услышал?

— Да, я услышал, — еле выдавил из себя Оливер. — Но как...

Некоторое время он продолжал стоять на месте, пытаясь осознать, что же произошло, и отчаянно надеясь, что Алекс сейчас перезвонит и со смехом крикнет: «Розыгрыш!»

Но телефон молчал, словно безжизненный кусок пластика, накрытый, как и он сам, невидимой сетью беды, что разворачивалась над головой. В последней отчаянной попытке Оливер судорожно нажал кнопку вызова. «Абонент находится вне зоны доступа», — ответил равнодушный голос робота, и беда вдруг стала осязаемой, реальной, как эта темная улица и разом почерневшее небо в ржавых разводах бессильного света городских окон...

По капле, медленно в Оливера вливалось осознание того, что с Алекс случилось несчастье. Она, вероятно, из-за него попала в руки... к кому? Неизвестно. Бандитов, террористов, спецслужб... И, похоже, им нужна не Алекс, а он сам. Впрочем, какая разница... Понятно, что просто так они ее не отпустят. Как и то, что он сделает все для спасения девушки, той, с которой познакомился не так давно, но которая уже настолько дорога ему.

Мысли наконец-то угомонились и уже не скакали, будто взбесившиеся кони. Оливер смог немного успокоиться и перевести дух. Он оглянулся вокруг, словно видел впервые и эту улицу, и спешащих по своим делам прохожих, и машины, что проносились мимо... Все в мире по-прежнему, но теперь ощущается совсем по-другому. Отныне это была часть Вселенной, где невинной девушке угрожает смертельная опасность, причиной которой наверняка являлся он сам. Только приняв это, можно двигаться дальше. И попытаться изменить что-то...

Машинально спрятав телефон в карман, Оливер направился назад к спортзалу.

ГЛАВА 38

Движения долговязого, неуклюжего Томаса напоминали возню месячного щенка. Да и физиономия парня выражала наивный щенячий восторг, несмотря на то что юркая блондинка, неожиданно для всех оказавшаяся мастером карате, уже в который раз сбивала его с ног, заставляя нарабатывать навык защиты от удара.

— Ну... Уже лучше, — не слишком уверенно пробормотала она, подавая молодому человеку руку и помогая подняться.

В отличие от Оливера, Том совсем не расстраивался из-за своих спортивных неудач — само нахождение рядом с Оливией явно доставляло ему огромное удовольствие.

Ардана, к счастью, никто обучать не собирался, и почтенный монах спокойно восседал на скамеечке, наблюдая за действом в спортзале. Он, как и новоиспеченная тренерша, был явно огорчен из-за ухода Оливера — ведь именно его, а не Томаса Черный дракон поручил подготовить к выполнению важной миссии.

— Ну и как, получается? — раздался вдруг голос, и вся троица разом обернулась.

На пороге стоял Оливер.

— А тебе какая разница? Ты же вроде ушел? — не очень вежливо спросила Оливия.

— Ушел... А теперь вернулся. И хочу просить тебя заняться моим обучением. Признаю, что мой уровень боевых умений — ниже плинтуса, но я желаю поднять его. Хотя бы немного... — выдавил он из себя подобие улыбки.

— Оливер, а с тобой все в порядке? — Томас внимательно посмотрел на друга.

— Все хорошо... — отмахнулся тот, избегая пытливого взгляда друга. — Так ты мне поможешь? Пожалуйста! — снова попросил Оливию.

Кажется, от прежнего напряжения между ними не осталось и следа. Блондинка тоже это почувствовала.

— Ну конечно! — пожала она плечами. — Я же обещала... Только давай обойдемся без детских обид. Я показываю, вы повторяете, — повернулась она уже к обоим парням. — Тебе, Томас, тоже полезно будет. Делаете то, что я скажу. Ясно?

— Ясно, — кивнул Оливер, разуваясь и снова ступая на мат. — Я готов!

За последующей тренировкой Ардан наблюдал уже с некоторым удивлением: и куда только девалась прежняя вспыльчивость и расхлябанность Оливера! Парень отрабатывал удары четко, сосредоточившись на исполнении каждого движения, и выкладывался так, будто это было сейчас для него важнее всего на свете. И никаких претензий, если Оливия иногда поправляла его или заставляла повторять что-то еще и еще раз. Кажется, он не только признал в ней учителя, но и сам действительно стал учеником. И даже сейчас уже было видно, что хоть оба молодых человека на матах новички, но именно Оливер схватывает все на лету, перенимая движения почти в точности. Рядом с ним долговязый сосед казался забавным ребенком, пытающимся повторить танец, который танцуют взрослые.

— Тебе не кажется, что с ним что-то случилось? Разве может человек вдруг ни с того ни с сего вот так поменяться?

— Угу, — согласился Ардан. — Что-то здесь не то...

Вдруг монах сообразил, что разговаривает с невидимым собеседником. Дернувшись от неожиданности, он не удержался и с грохотом обрушился на пол, перевернув ненадежную скамейку.

— Эй, ты чего? Это же всего лишь я! — синее чучело выпрыгнуло ему на грудь и заботливо заглянуло в глаза. — Башкой не стукнулся?

— Исчезни, ради всего святого! — рявкнул Ардан, поднимаясь на ноги. И только сейчас заметил, что остальные трое, остановив урок, с удивлением смотрят на него. — Извините, друзья, я это...

— Заснул? — подсказал Том, приподняв брови.

Но Оливия сердито махнула парню рукой, призывая вернуться к занятию.

Монах, кряхтя, установил скамейку на прежнее место, опасливо на нее покосился, а затем сел прямо на пол. Нечто, отдаленно похожее на сову, тоже устроилось рядом.

— Ох и тяжело же мне с тобой, — вдруг грустно вздохнула невидимая птица.

Она сокрушенно покачала абсолютно круглой головой с сине-фиолетовыми кисточками ушей.

Ардан от неожиданности на время потерял дар речи.

— Тебе?! Со мной?! — наконец прошипел он, почти не разжимая губ и косясь в сторону боевой троицы.

— А то кому же? — так же грустно псевдосова пожала вторым шаром, к которому крепились крылья. — Сколько лет мы с тобой вместе? А ты до сих пор меня пугаешься... Игнорируешь. Или вообще орешь. А я... я...

Синий шар, казалось, вот-вот расплачется. Ардан смотрел на своего навязчивого собеседника в полном недоумении: впервые кошмарная птица жаловалась ему на свою жизнь — ну, или что там у нее было.

— И вообще, единственный человек, который меня видит, видеть меня не хочет! — захныкала она вдруг, прикрыв подобием перьев глаза-плошки. — Никто меня не лю-ю-ю-бит...

Немного растерявшись, Ардан не знал, что ответить. Еще недавно он бы позлорадствовал, что существо, приносящее ему столько мучений, теперь мучается само, но... Почему-то злорадствовать совсем не хотелось. Мало того: он по-новому взглянул на своего истязателя, сначала — с недоумением, потом — с интересом, и ему все больше становилось... жалко его, что ли?

— Эй, ты... Перестань реветь, — неуверенно обратился монах вполголоса к синему комку. — Что это на тебя нашло?

— Никому я не нужна! Никто меня не ви-и-и-дит, — продолжало реветь ультрамариновое существо, не обращая внимания на Ардана.

— Почему? Я тебя вижу, — прозвучал вдруг рядом знакомый голос, и монах наверняка еще раз упал бы от неожиданности, если было бы куда падать: рядом с ним стоял... Черный дракон!

— Правда?! — воскликнуло создание, смахнуло крупные капли слез крылом и подскочило к Крейху. — Ты правда меня видишь?!

— Неужели?! — почти одновременно со своим кошмаром вскричал и Ардан.

В этот момент на пол приземлился Том: повернувшись на голос монаха, он не смог отбить удар Оливера. Но очередное падение, кажется, вовсе не расстроило его: завидев дракона, ботаник неуклюже поднялся и вместе с остальными поспешил к нему.

— Нет, я говорю с чужими галлюцинациями! — хмыкнул дракон. — Конечно, вижу.

— Значит, это синее чудо — настоящее... — пораженно прошептал монах.

Ребята, окружив его и Крейха, лишь удивленно переглядывались: они не замечали синего шара, который теперь счастливо прыгал прямо на носу у космического пришельца.

— Может, ты еще и знаешь, кто я? — с надеждой спросила псевдосова.

— Конечно, знаю. Ты — синяя птица удачи.

— Синяя птица удачи! — в один голос воскликнули Ардан и его навязчивое чудо, пораженные этим потрясающим известием.

Оливер, Том и Оливия продолжали недоуменно переводить взгляд с Крейха на Ардана, все еще не понимая, с кем те разговаривают.

— А почему тогда они меня не видят? — в сторону ребят махнул крылом комок синих перьев.

— Потому что ты птица удачи вот его, — Крейх указал глазами на Ардана, причем не слишком-то уважительно. — И другим видеть тебя не положено.

— Птица удачи? — Ардан, кажется, никак не мог принять этого факта. Но кому можно верить, если не Черному дракону? — Тогда отчего... мне всегда казалось, что это мое проклятие, мой кошмар...

— Ну, это уже твои проблемы, — пожал плечами инопланетный гость. — Кто хочет удачи — идет за своей синей птицей, раз уж она ему явилась, а кто хочет кошмара — получает кошмар. Тут каждый волен выбирать.

— Так это... получается... у меня столько лет была своя птица удачи, а я... полжизни потратил на то, чтобы избавиться от нее?

Сейчас расширенные от удивления глаза монаха походили на круглые совиные глаза-плошки.

В ответ синее создание скорчило злобную гримасу и показало своему хозяину язык. Но разве может долго сердиться птица счастья?

Через пару секунд мультяшка опять светилась радостью: ведь теперь она знала о себе все!

— С кем это вы разговариваете... — осторожно спросила Оливия, все еще переводя взгляд с дракона на монаха.

— С его синей птицей, — объяснил Крейх. — А вы здесь, вижу, развлекаетесь?

— Угу, — кивнул Томас, потирая ушибленный затылок. — Нам тут весело!

Оливер, взглянув на дракона, посмотрел на дверь и сказал больше утвердительно, нежели вопросительно:

— Так ты и сквозь стены проходить умеешь? В дверь ты не прошел бы...

— Ой, только не надо добавлять мне комплексов по поводу моего веса! — картинно взмахнул лапой дракон. — Сам в курсе, что стоит сбросить тонну-другую. Вот спасем ваш мир — и сразу сяду на диету...

Крейх оглядел зал. Помещение уже не казалось просторным, когда он втулил сюда свою тушу.

— И что у вас тут получается?

Ящер грузно шагнул в сторону матов, оставляя Ардана наедине с его удачей.

Синяя птица, высоко задрав клюв, гордо восседала на краю скамейки, повернувшись ко все еще растерянному монаху хвостом.

— Ты это... прости меня, — робко произнес Ардан.

Ультрамаринка не шелохнулась.

— Ну, я же не знал, что ты удача...

— Да я тоже не знала, — вдруг выпалила птица, которой очень быстро надоело дуться.

— Тогда мир?

— Мир, — синее чудо захлопало крыльями и опустилось Ардану на плечо.

Теперь монах свою удачу не прогнал.

— Как ты думаешь, у них действительно что-то получится? — спросил он через некоторое время, наблюдая за попытками Тома блокировать удары Оливера, а потом — за столь же никчемными потугами Оливера закрыться от ударов Оливии.

— Все зависит от того, сколько сил они захотят на это потратить, — пожала плечами птица.

Впервые они сидели вместе и беседовали мирно, без ругани.

— А вот мне кажется, проблема не в них, а во времени... — тревожно нахмурился монах. — У нас его совсем мало. Как будто беда витает в воздухе и приближается, как грозовое облако, с большой скоростью. Я уверен, что дракон говорит правду и миру действительно угрожает опасность. Только вот пока никак не пойму, почему он выбрал в качестве помощника этого мальчишку.

— Может, он просто еще не показал себя? Ведь если его выбрал дракон, значит, что-то в нем есть.

— Наверное, это правда, — согласился монах, про себя удивляясь: почему он раньше не замечал, что его настойчивый собеседник действительно умен и проницателен? — Слушай, а если мне... необходим будет твой совет, я могу как-то... позвать тебя? — осторожно спросил он.

— Конечно! — мультяшка не скрывала своей радости. — Просто крикни «Рэкс!», и я примчусь!

— Р... Рэкс?

— Ну да. Имя такое... Знаешь... как у динозавра, — прошептало синее чудо, и Ардану показалось, что перья птицы стали чуть краснее.

— И ты... сама себя так назвала?

— А кто бы еще мог назвать меня?

— Ну... Рэкс — очень даже ничего. Мощь какая-то...

— Ты правда так думаешь? — просияло чудо в перьях.

Они сидели рядышком — старик и его птица удачи, наблюдая за Юностью в облике двоих молодых людей и девушки, устроивших веселую потасовку на спортивном мате. И впервые за очень долгое время ни один из них не чувствовал себя одиноко.

ГЛАВА 39

Когда оба парня уже едва держались на ногах, Оливия наконец смилостивилась.

— На сегодня хватит, — махнула она рукой, и Оливер с Томом, дружно рухнув на маты, застыли.

Блондинка тоже порядком утомилась: после многочасового старания хоть чему-нибудь научить двух балбесов (один из которых был совсем безнадежен, а другой все-таки подавал надежды) она чувствовала себя выжатым лимоном.

— Ученицей быть проще, — созналась Оливия дракону, который все это время внимательно наблюдал за тренировкой.

Чуть прихрамывая, девушка устало поплелась искать свою обувь.

— Ты до сих пор хромаешь? — между прочим заметил дракон.

— Заживет... — отмахнулась блондинка.

Упругий драконий хвост, который, как обычно, жил своей жизнью — то покачиваясь в воздухе, то подпрыгивая, то извиваясь, — теперь змеей пополз по полу вслед за ней. И вдруг ловким движением мягко обвился вокруг девичьей щиколотки. От неожиданности Оливия споткнулась, но Крейх подхватил ее, не дав упасть.

— Хвостотерапия, — объяснил дракон, а спустя минуту отпустил ногу. — Не спеши, пошептаться надо... Что ты скажешь о своих учениках?

Оливия оглянулась на ребят — оба до сих пор продолжали пластом лежать на мате, не подавая признаков жизни.

— Ну... — девушка казалась польщенной доверием. — Томас... он старается, — честно созналась она. — Но это...

— ...Бесполезно, — продолжил за нее Черный дракон.

Оливия кивнула, еще раз оглянувшись на ботаника. И то ли дракону показалось, то ли в самом деле в глазах ее на мгновение мелькнула теплота.

— А вот с Оливером все не так запущено. Он тоже старается — даже очень, и у него уже кое-что начинает получаться. Но, конечно, для любых малейших результатов необходимо время.

— А его у нас как раз и нет, — покачал головой дракон, тоже задумчиво разглядывая Оливера. — Есть еще один способ — я мог бы передать ему некоторые знания о боевых искусствах, и тогда осталось бы лишь отработать практику.

— А ты можешь сделать это? — Оливер, секунду назад изображавший бесчувственное тело на полу, вдруг ожил и даже попытался приподняться на локтях.

— Фуф! — пренебрежительно фыркнул ящер. — Я же сам и придумал эти искусства для людей! Кому, как не мне, знать о них все? Потом, конечно, люди кое-что доработали, но основа осталась прежней.

— Так почему же ты сразу не сказал? — простонал Оливер, предпринимая еще одну стоическую попытку оторвать себя от мата.

— Потому что передача знаний напрямую — занятие рисковое. Сам знаешь: передать можно только то, что другой готов принять, и не более. Как бы я ни старался, если ты не настроен на ту же волну, ничего не выйдет. Вернее, выйдет — вареный мозг. Или — всмятку, тут уж как пойдет...

Оливера передернуло.

— Ты это серьезно?

— Даже очень! — дракон оскалил свою и без того свирепую морду, и парень счел за лучшее промолчать.

— Ладно, на сегодня хватит! — рявкнула рептилия. — Отдыхайте, а завтра встретимся здесь же.

С этими словами дракон шагнул к ближайшей стенке, а дальше — сквозь нее, словно никакой преграды не существовало вовсе. Последнее, что увидели застывшие на месте люди — раскачивающийся как маятник гибкий черный кончик хвоста, который, так же пройдя сквозь стену, исчез.

— Ничего себе, — пробормотал Томас, поднимаясь. — А нам так можно?

— Ты про мозги вареные слышал? — проворчала Оливия, подходя к нему.

Одним резким движением оторвав за шиворот незадачливого ботана от пола, она первой направилась к выходу.

Томас бросился за ней следом, а дальше потянулись остальные. Самым бодрым выглядел Ардан: он же не пыхтел на боевой разминке, да еще и обрел свою птицу удачи — хотя пока не знал, что с ней делать. И только на лице Оливера ни разу не появилась улыбка — казалось, парень глубоко ушел в свои мысли. Это можно было списать на усталость, но внимательные глаза монаха сразу различили странные перемены.

Город встретил их предрассветной дымкой. Наконец-то погасли навязчивые огни витрин, и Мидлтаун притих в предчувствии скорого утра. Кроме небольшой компании, что выбралась из подвала-спортзала, на улице в этот час никого больше не было. Дракон исчез — так же внезапно, как и появился. Парни, шагая рядом с Оливией, из последних сил старались выглядеть достойно. Но, очутившись дома, каждый рухнул на кровать и моментально уснул.

Уже засыпая, Оливер мысленно поблагодарил Оливию, вконец уморившую его своими уроками, — иначе ему вряд ли удалось бы сомкнуть глаза после недавнего известия о похищении Алекс. А силы ему ой как нужны — завтра они точно понадобятся...

ГЛАВА 40

Явившись в офис к половине десятого, Оливер предстал перед Евой; к этому времени администратор «Сити групп» уже метала молнии не хуже Зевса. Но, вопреки ожиданиям, горе-сотрудник не стал оправдываться. Более того, плевать хотел на ее речи, исполненные справедливого гнева. Просто посмотрел на эту фурию и сделал останавливающий жест рукой.

— Ева, успокойся, — неожиданно произнес он так ровно и спокойно, словно говорил сейчас со своим менеджером не с позиции провинившегося работника, а как минимум владельца компании, которому некогда выслушивать подобную ерунду. — Шеф у себя?

— Да ты... Да я сейчас... — бледное худощавое лицо с неестественно яркими пятнами румян на щеках побелело еще больше.

От возмущения слова закончились, и офисная грымза хватала ртом воздух, как выброшенная на берег рыба.

— Привет, Оливер! — один из его коллег вошел в кабинет Евы и стал невольным свидетелем их разговора — вернее, попытки поговорить.

Он шутливо прищурился, разглядывая младшего коллегу: о репутации Оливера в компании знали все.

— Дай угадаю, почему ты опоздал сегодня: ты спасал мир и немного не уложился в график!

Повернувшись к нему, Оливер улыбнулся в ответ — но не весело, а как-то рассеянно и задумчиво.

— Привет... Ты почти прав. Но лишь почти, я только собираюсь заняться спасением этого глупого мира. И потому мне нужен отпуск... — По его голосу нельзя было понять, шутит он или нет.

— И с этим... ты собираешься... к шефу? — наконец просипела Ева.

Голос к ней возвращался постепенно, и лишь глаза не меняли формы — все такие же блестящие круглые медали, спрятанные за стеклами очков.

— В общем, да, — кивнул Оливер, ни к кому конкретно не обращаясь.

Теперь Ева, открыв рот, молча смотрела на этого, совсем не знакомого ей Оливера. И даже не подумала его остановить, когда тот, протиснувшись мимо коллеги, направился прямо к кабинету директора.

— Э... Что с ним? — удивленно подняв брови, спросил рядовой сотрудник «Сити групп».

Ева молча развела руками — похоже, у бедняжки отняло речь. Ее коллега забыл, зачем пришел, но не торопился уходить: он жаждал узнать, чем закончится визит Оливера Смита к грозному начальнику фирмы.

Прошло не более минуты, когда из директорского кабинета донеслось нечто напоминающее львиный рык. Из-за двери было немного слышно, что шеф разъярен и что Оливеру дается неделя испытательного срока, иначе — он уволен! Ева и любопытный коллега снова переглянулись; замерев на месте, почти не дыша (чтобы не пропустить ничего из того, о чем вскоре будет гудеть вся компания), они надеялись увидеть посрамленного юношу, который пулей вылетает из кабинета с видом побитой собаки.

Но не тут-то было: черная дверь с блестящей табличкой открылась снова, из нее невозмутимо, так же спокойно, как и вошел, появился Оливер. Через секунду по ту сторону двери об нее грохнулось нечто тяжелое, осыпавшееся на пол градом осколков.

— Ваза... — едва просипела Ева.

Теперь ее прежде бледное лицо стало пунцовым — настолько, что яркие румяна больше не выделялись на нем.

— Счастливо оставаться, — Оливер кивнул коллегам и той же ровной походкой направился к выходу.

Его уход породил лишь немую сцену двух ошарашенных людей.

— А... это точно он? — очнулся мужчина, все еще смотревший вслед парню.

Ева лишь пожала плечами и развела руками: предвидеть такое не могла даже она, хотя раньше часто повторяла, что «от этого Оливера можно ждать чего угодно».

А юноша, спустившись во двор и почти с грустью бросив взгляд на офисное здание, лишь улыбнулся: как наивно было с его стороны трястись при виде этой крикливой Евы, неуравновешенного начальника, обижаться из-за подначек коллег... Только сейчас, на пороге колоссального приключения, он вдруг смог оглянуться назад и увидеть всю собственную прошлую жизнь под иным углом. Как взрослый, который с улыбкой вспоминает свои наивные детские шалости.

Прыгнув за руль черного пикапа, парень окончательно решил — работать здесь он точно уже не будет.

— Но еще немного покатаюсь на машине компании, — негромко сказал сам себе. — В качестве компенсации за вредную работу.

Любые условия и правила, совсем недавно определявшие все, перед лицом нависшей глобальной катастрофы стали вдруг казаться мелкими и несущественными. Со спокойной душой водитель пикапа-дракона вырулил на центральный проспект и полетел к черте города.

Из головы не выходила Алекс, и он чувствовал, что должен кому-то рассказать об этом.

— Крейх! — позвал Оливер дракона сначала вслух, а потом мысленно, поскольку автомобиль не подавал признаков «разумной жизни».

— Я здесь, повелитель! Чего изволите? Мороженку-пироженку? А может, танк? — послышался знакомый голос примерно через минуту, из чего Оливер сделал вывод, что дракон был где-то в другом месте.

— Танк — это неплохо бы, — согласился парень. — Особенно учитывая то, что я собираюсь тебе сказать.

— Ну давай, выкладывай, что там у тебя... — проворчал инопланетный пришелец. — Вижу, тебе мало одной проблемы гибели человечества, поэтому ты решил заиметь еще парочку.

— Боюсь, эти проблемы имеют связь, — вздохнул Оливер. — Из-за меня одна девушка попала в беду. Мы с ней... Мы — просто знакомые, но они... Они решили, что она мне очень дорога, и забрали ее!

— А она и вправду тебе дорога? — помолчав, спросил Крейх.

— Да... нет... Какое это имеет значение? — вспылил Оливер, которому оказалось вдруг совсем нелегко говорить о своих чувствах. — Они могут убить ее! Так и сказали...

— «Они» — это кто?

— Не знаю, — парень покачал головой. — Позвонили вчера с ее номера, потребовали никому не рассказывать. Пригрозили, что Алекс пострадает, если я нарушу выполнение их условий.

— Понятно... — протянул дракон.

Неясно было, как он отреагировал на признание Оливера: в его голосе пока оставалась полная невозмутимость.

— Если со мной что-то... в общем, если что — тогда тебе придется ее спасать, — выдохнул Оливер. — Но пока... Короче, я хочу сказать, что готов...

— К чему это ты готов?

— Готов рискнуть. Насчет передачи знаний.

— А, вот ты о чем... Помнишь, я тебе говорил о вареных мозгах? — невинно брякнул Крейх.

— Помню. Но я все равно готов рискнуть, — губы Оливера сжались в плотную полоску.

— Готов рискнуть, даже зная, что можешь погибнуть?.. Если наши с тобой частоты не совпадут, в лучшем случае ты сойдешь с ума... А в худшем — умрешь на месте, — дракон казался спокойным, но его голос звучал так, что не оставалось сомнений: ситуация крайне серьезная.

— Одной опасностью больше, одной меньше, — беспечно махнул рукой Оливер. — Думаю, если что, Оливия тоже сгодится на роль героя. Даже получше меня — она уже владеет боевыми искусствами и храбрости ей тоже не занимать.

— Да уж! — дракон, казалось, размышлял о чем-то. — Может, она и вправду сгодится...

ГЛАВА 41

«А ведь мне будет его не доставать, — вдруг подумал парень, — когда он улетит обратно в свою галактику...» Впервые он почувствовал, что дракон стал ему другом.

К тому времени выехав за черту города, Оливер притормозил у обочины. Ехать дальше не было смысла: им и тут никто не помешает.

— Я готов, — глубоко вздохнул парень. — Можем приступать.

Но Крейх не торопился.

— Ты точно решил? Не хочешь подумать еще?

Парень упрямо покачал головой:

— Я должен спасти Алекс! И наш мир... Поэтому говори, что нужно делать.

— Ладно... — вздохнул дракон. — Хорошо, давай попробуем. Делать ничего не нужно — просто расслабься и не сопротивляйся — что бы ты ни почувствовал.

Хотя Крейх до сих пор оставался в образе машины, Оливер вдруг ощутил на ноге невидимый, но тяжелый и жесткий драконий хвост, а на своей макушке — теплую тяжесть, будто от опустившейся на нее лапы.

— Поехали!

Тепло нарастало. Вскоре Оливер с трудом сдерживал крик: обжигающе-горячая волна запульсировала в голове невыносимой болью, словно готова была взорваться. Тело, казалось, сковали железные тиски — так, что он боялся даже вздохнуть. Темные пятна запрыгали перед глазами бешеными мячиками.

«Не сопротивляться, не сопротивляться», — твердил про себя Оливер, зажмурившись с такой силой, будто хотел веками раздавить глаза.

Собрав всю волю в кулак, он попытался расслабиться — отдаться этой волне боли, словно нырнув в теплую мягкую морскую бездну. И у него получилось! Еще секунда — и боль пропала, вместо этого парень почувствовал себя парящим и легким, как перышко. Мячики превратились в одно большое солнце — лучистое и ласковое, оно будто обнимало своим светом, манило к себе, тянуло, рассыпаясь радостными звуками. Этот чудесный свет дивным образом перетекал в чарующие звуки — и обратно, похоже, являясь одним целым.

— Оливер-р-р... — позвало солнце. — Оливер...

— Оливер, хорош дрыхнуть! Все равно я не понесу тебя на своей спине, даже не рассчитывай! — прорычало солнце голосом Крейха, и вдруг на его золотой поверхности появился огромный вытянутый зрачок. Глаз мигнул — и нацелился на Оливера.

— Подъем!

Дернувшись, парень больно стукнулся о руль носом и только теперь вспомнил, где находится и что с ним произошло до того.

— Я... живой? — спросил он, потирая ушибленный нос.

— Ну... Раз нос болит — значит, живой, — ответил Крейх. — Как ни странно, боль — привилегия живущих. Ну что, очнулся?

Золотистое облако с узким зрачком постепенно трансформировалось в драконью морду. Оливер заморгал, пытаясь улучшить четкость видимости: он до сих пор сидел в своем пикапе, откинувшись в кресле водителя, за окном все так же бурлил город, светило солнце и прохожие спешили по своим делам. Словно и не было этого странного путешествия за гранью мира, будто все случившееся только приснилось.

— Ты... здесь? — хрипло спросил он, еще не полностью придя в себя.

— Где же мне быть? — голос Крейха звучал удовлетворенно.

Однако парень уловил еще что-то: он чувствовал настроение дракона, ощущал его эмоции. И главной из них сейчас была радость — от того, что опасная ситуация миновала и у них все получилось.

— И что, я теперь знаю разные единоборства? — недоверчиво спросил Оливер, прислушиваясь к себе. — Что-то я ничего не ощущаю.

— Ты и не должен, — усмехнулся дракон. — Ощутить можно, только испробовав на практике.

— В спарринге с Оливией! — выдохнул Оливер и распрямил спину.

Голова еще гудела, но в теле чувствовалась необыкновенная легкость.

— Можно и в спарринге с Оливией, — согласился Крейх. — Видно, вспоминать о тренировке с ней тебе не очень-то приятно.

Оливер сделал вид, будто не услышал последней фразы: в ней явно звучала насмешка. Не мог же парень признаться, что действительно был уязвлен своей неспособностью победить щуплую девчонку!

— Тогда поехали!

Пикапер положил руки на руль и, предвкушая предстоящий бой, рванул с места.

ГЛАВА 42

Сказать, что Оливия была удивлена, — не сказать ничего. Едва начался спарринг, как стало понятно, что по силе и ловкости они теперь стоят друг друга. Сперва опасливо и осторожно, а потом все увереннее и быстрее Оливер отвечал на удары своего учителя. И сейчас уже блондинке не приходилось себя сдерживать; наоборот, через несколько минут она стала выкладываться на полную, чтобы отражать атаки своего ученика, который все больше и больше входил в азарт. Казалось, тело юноши само интуитивно предугадывает, в какой момент где нужно находиться, чтобы уйти из-под удара или сдержать его, обойти со стороны, напасть самому... Этот мастерский поединок двоих напоминал диковинный танец, завораживающий красотой движений. Оливер и Оливия были настолько увлечены, что не замечали ничего вокруг: ни того, как наматывали круги стрелки настенных часов, ни того, как остальные тренирующиеся, оставив свои занятия, сбились тихой стайкой в углу зала и с открытыми ртами наблюдают необыкновенное зрелище.

Наконец — ложный выпад, резкий удар ребром ладони, Оливер молнией мелькнул за спиной у соперницы, и Оливия, приземлившись на мат, распласталась там, тяжело дыша.

Он протянул девушке руку, помогая подняться. Лишь в тот момент тишина сменилась громом аплодисментов: присутствующие в спортзале, не жалея рук, выражали свое восхищение поединком двух Мастеров. Оливия одарила их быстрым взглядом и, не говоря ни слова, пошла к выходу — вид у нее был задумчивый. Оливер, неуклюже раскланявшись перед восхищенными зрителями, двинулся за ней. Но, стоило ему выйти за дверь, как девушка «пригвоздила» его к стене коридора:

— Как тебе удалось? Вчера ты едва сумел правильно проделать несколько движений. Ты не симулировал: я хорошо различаю притворство. А сегодня... Признавайся, что произошло за эту ночь?

— Мне помог Крейх, — честно сознался Оливер. — Он передал мне свои знания. Это скорее заслуга дракона, а я только испробовал дар на практике.

Некоторое время Оливия молчала, «пережевывая» услышанное. В ней явно боролась куча разноречивых чувств: изумление, восхищение, уязвленность от своего поражения, ну и, конечно, зависть от того, что вот так легко ее нерадивый ученик приобрел навыки, которые ей самой пришлось нарабатывать годами изматывающих тренировок.

— То, что ты сумел принять эти знания, многое означает, — пробормотала она, освобождая Оливера. — Думаю, не каждому это под силу.

Выйдя на улицу, они одновременно вдохнули на полную грудь свежего воздуха. Видимо, собиралась гроза: воздух был насыщен запахами и влагой, а где-то вдали слабо слышались раскаты грома.

Небрежным движением Оливия взяла юношу под руку:

— Ардан рассказывал мне о драконе, когда мы были в больнице. Я в тот момент слушала его слова просто как забавную сказку. Восточная экзотика и все такое — я не придала этому значения. Но кое-что из его рассказов запомнила. Например, узнала, что, когда Черный дракон Равновесия является на планету в качестве спасителя, он передает свои знания через Избранника, способного их принять. Так что, видимо, ты и есть тот самый Избранник... Пусть это и звучит как нечто невероятное.

— Почему это «невероятное»? — уязвленно спросил Оливер.

— Ты уж не обижайся, — усмехнулась девушка, — но так, чисто внешне — более неподходящую фигуру для спасителя человечества найти трудно. Хотя, не сомневаюсь, в тебе есть некие скрытые таланты. Иначе дракон выбрал бы не тебя, а кого-нибудь другого, более подготовленного.

Похоже, девушке не давала покоя мысль, что представителем человечества для великой миссии оказался парень-неумеха с багажом в виде комплексов и недостатков. Куда разумнее было выбрать для этого дела девушку-блондинку, спортивную, ловкую и смышленую, с великолепной боевой подготовкой и склонностью к авантюрам. Будь она на месте дракона, именно такой выбор и сделала бы. Вдруг Оливия вспомнила, что ее избрали совсем для другой миссии. Думать об этом было почему-то очень неприятно, и девушка тряхнула головой, отбрасывая ненужные мысли.

— Ладно, теперь и мне, и тебе неплохо было бы принять душ и хорошенько отдохнуть!

С этим Оливер полностью согласился. Сейчас, пройдя испытание боем, он наконец-то чувствовал настоящую усталость. И все еще не унявшийся шум в голове.

— Ты больше не хромаешь, — вдруг заметил юноша, глядя на ногу Оливии.

— Да, я уже совсем здорова, — почему-то немного смутилась она. — Как говорил Крейх — обычная хвостотерапия. Ладно, ты иди, а мне надо пробежаться по магазинам.

— Но вечером мы же еще позанимаемся? — бросил ей вслед Оливер.

— Обязательно! И на этот раз я с тобой справлюсь! — весело добавила девушка, уже убегая, однако за этим напускным весельем Оливер услышал нотки тревожной грусти.

«Ей, наверное, обидно, что Крейх поделился знаниями только со мной, — по-своему расценил ситуацию Оливер. — А все же интересно — где, а главное — для чего она выучилась так классно драться?» Но на данный вопрос ответа у него пока не было...

ГЛАВА 43

В этот раз аплодисментов было поменьше: в зале не оказалось посторонних, и теперь не щадил своих рук только Томас. Хотя спаррингующиеся не обращали на него особого внимания, куда больше они прислушивались к дельным советам Крейха.

Дракон снова явился сквозь стенку, чтобы понаблюдать за успехами своих подопечных. Первый азарт двоих на матах уже прошел, и сейчас их занимала возможность испытать свои силы в стычке с равным противником. Хотя перевес все чаще оказывался на стороне Оливера, девушка не сдавалась: отныне они учились друг у друга, кружась-прыгая-перемещаясь по всему залу под восторженные овации Томаса и внимательные взгляды Ардана.

Дракон не просто наблюдал за поединком: он постоянно вмешивался, то направляя кого-нибудь, то подшучивая над обоими. А когда все порядком устали, Томас вдруг внес дельное предложснис:

— У вас так здорово стало получаться, просто супер! А не отпраздновать ли нам это?

— Пир во время чумы? — Крейх почесал макушку кончиком хвоста, изображая раздумья. — А почему бы и нет? Только, боюсь, в ресторан меня не пустят. Испугаются, что я захочу включить в меню кого-нибудь из обслуги.

Все захохотали, услышав шутку Крейха, только Ардан благочинно сдержал эмоции, не решившись выразить возмущение таким «святотатством» дракона.

— Тогда мы можем устроить пикник за городом! — не унимался Томас.

Видно было, что он искренне рад успехам друга и нисколько ему не завидует.

Что касается его робких и нежных взглядов в сторону блондинки, то они уже никого не удивляли.

— Ночной пикник... Действительно, почему бы и нет? — усмехнулся Оливер. — Кто знает, когда нам еще представится такая возможность. Да и будет ли она вообще...

— Тогда — вперед, за сосисками! — скомандовал Томас, деловито потирая руки. — Поедем на твоем пикапе?

— Да, конечно, — рассеянно кивнул Оливер, спеша в раздевалку. — А Крейх нас потом догонит...

На самом деле ему было сейчас совсем не до веселья. Похитители Алекс до сих пор не давали о себе знать, телефон молчал, и ожидать хороших вестей не было никакой причины. Оливер не знал, что именно от него потребуют эти люди, но чувствовал: Черному дракону, ставшему для него настоящим другом, тоже грозит опасность. Волнение не давало ни минуты покоя. Но хуже всего то, что он обязан скрывать это ото всех — даже от своих друзей. Ведь неизвестно, что ждет его в ближайшее время. Лучше пусть не знают, так безопаснее для Алекс и для них самих... Только дракон посвящен в его тайну. Это существо с другой планеты во много раз превышало его по всем качествам — по силе, мудрости, знаниям, умениям и ответственности за планету Земля. Оливер доверял Крейху едва ли не больше, чем самому себе. Он знал, что под маской сарказма скрывалась добрая и отзывчивая душа, а еще — храброе сердце, принадлежащее существу, готовому рисковать собственной жизнью ради других. Ради людей, постепенно уничтожающих свою прекрасную зелено-голубую Землю и не осознающих, что творят... Кто-то должен был помешать этому. И этим «кем-то» был Крейх. А теперь — и Оливер. Они обязаны действовать вместе: один — посол вселенских сил, второй — представитель обреченной планеты; только сейчас юноша понял это.

Оливер наблюдал за шагающей впереди компанией: всегда немногословный и размеренный Ардан, влюбленный и кажущийся немного глуповатым Томас, острая на язычок Оливия — теперь это были не просто сосед-ботаник и чужие люди, с которыми свел его случай. Все они вместе с Крейхом стали для пикапера невероятно близкими и много для него значили. Они были нужны ему, как и он им, чтобы хоть попытаться предотвратить незримо расправляющую крылья опасность.

ГЛАВА 44

— Вперед! Ночной пикник ждет нас! — больше всех был воодушевлен предстоящим Томас.

Он галантно подхватил Оливию под руку и, подмигнув Оливеру, исчез вместе с ней в недрах супермаркета.

— Я еще не видел его таким, — честно признался Оливер задумчивому Ардану, который тоже пялился вслед улизнувшей парочке. — Том обычно такой тихий и к девушкам на километр подойти боится.

— Любовь, — изрек Ардан каким-то странным чирикающим голосом.

Удивленно взглянув на него, Оливер заметил чудное шарообразное создание, примостившееся на плече монаха.

— Ты... кто?! — обалдело спросил парень.

Как он ни тер глаза, видение в виде шарообразной птицы синего цвета не исчезало.

— Ты тоже... меня видишь?! — синее создание подпрыгнуло от радости и начало носиться по воздуху перед носами обоих, выписывая в полете немыслимые кренделя. — Он меня видит! И слышит! О боги, как я счастлива, как я счастлива!

Ардан с Оливером переглянулись.

— Это с ней ты разговаривал, да? — наконец дошло до парня.

— Ага, — коротко кивнул Ардан.

Кажется, он еще не совсем верил в то, что его синюю птицу видит другой человек.

— А я думал, что… Кхм… Извини, — промямлил Оливер, и в ту же секунду синий клубок бросился ему на шею, пытаясь загнутым фиолетовым клювом приложиться к парню в поцелуе.

— Да отстань ты… Скажи лучше, кто ты такая?

— Это моя синяя птица удачи, — не без гордости представил существо Ардан, — ее зовут Рэкс.

При этих словах сова-карикатура картинно вздернула клюв вверх:

— Да, я птица удачи!

— Рэкс? — удивился Оливер. — Тираннозавр, что ли?

— Именно!

— Ну, удача — это то, что нам сейчас просто необходимо, — хмыкнул юноша, разрешив созданию спланировать к себе на плечо.

— Правда? Значит, мне можно остаться с вами? — расцвела ультрамаринка.

— Можно… Но не забывай, что для остальных ты по-прежнему невидимое существо, — буркнул Ардан, косо поглядывая на то, как доселе только ему видимая спутница хорохорится у Оливера на плече.

— Это для меня как раз привычно, — махнула крылом псевдосова. — Непривычно то, что теперь вы двое меня видите и дракон.

— О, значит, и Крейх тебя видит! — обрадовался Оливер.

Ему было приятно узнать, что, кроме искусства сражаться, он получил еще одно умение, которым обладает дракон: видеть то, что незаметно другим обычным людям. Это еще сильнее сближало его с новым невероятным другом.

— Конечно видит! — взвилась птица. — Он ведь Великий Дракон, — добавила она доверительным полушепотом, словно это все объясняло.

Приготовления не заняли много времени. Том и Оливия вернулись с сосисками и булочками, и, разместившись в неизменном пикапе, вся компания поехала за город.

Как по заказу, ночь оказалась лунной, так что заботиться о свете им не пришлось. Прозрачный прохладный воздух, пропитанный голубоватым светом, будто и сам светился. И дышалось легко и свободно, словно эта ночь была с ними заодно, приободряя и надежно укрывая от посторонних глаз.

Появившийся почти сразу же Крейх под радостные возгласы остальных продемонстрировал приготовление колбасок по-драконьи, поджарив их одним огненным выдохом. И тоже не отказался от угощения, хотя в его клыкастой пасти сосиски казались совсем крохотными. Подшучивая друг над другом, все рассказывали забавные истории, смеялись, словно и не было опасности, собравшей их, таких разных, вместе.

Даже Оливер немного отвлекся от грустных мыслей. Сейчас, наблюдая за пестрой компанией, он вдруг понял, что давно не отдыхал вот так запросто, в кругу друзей. Дракон привнес в его дни нечто новое, чему он пока не дал названия, и это наполняло жизнь парня смыслом...

— Мы немного прогуляемся, — смущенно улыбнулся Томас, поднимаясь вслед за Оливией.

— Идите-идите, нам больше останется. Там еще фрукты есть, — осклабился дракон.

Но Тома сейчас фрукты интересовали в последнюю очередь — он наконец-то набрался храбрости пригласить девушку на прогулку. Пусть даже просто до ближайшего холма. Все-таки для стеснительного соседа Оливера и это был подвиг.

— Интересно, он отважится ее поцеловать уже в этом году или подождет следующего? — невинно осведомился дракон, как только парочка отошла подальше.

— Крейх, он и так под завязку исполнен мужества, — развел руками Оливер. — Я прям-таки поражаюсь его отваге. Приударить за девушкой, да еще такой, как Оливия, — это не старый холостяк-ботан, а не иначе как сам Томас... Круз.

— Хотелось бы верить, что у всех нас будет этот следующий год, — задумчиво добавил обычно сдержанный Ардан, и улыбки на лицах разом увяли, словно цветы от арктического холода.

— Мои маленькие друзья сделали даже больше, чем можно было надеяться. Они окружили здание, где расположена тайная лаборатория, создающая смертельный вирус, — вдруг поделился известием Крейх. — Несколько тысяч белок, конечно же, не смогли остановить ее работу, но зато им удалось привлечь к себе внимание. А когда природозащитники и журналисты вместе начали искать объяснение факта массового скопления белок, горе-изобретателям пришлось затаиться. Но, конечно же, надолго это их не удержит. Думаю, завтра мы получим новости о том, как обстоят дела. И тогда решим, что делать дальше. Не исключено, что будем вынуждены отправиться в самое пекло — туда, где они захотят взорвать свою бомбу.

— Но вы ведь, уважаемый Черный дракон, своей силой можете просто уничтожить ее, — сказал Ардан.

— Могу, — кивнул Крейх, — но не имею права. Это будет прямым вмешательством в дела планеты, что категорически запрещено. Все, на что я способен, — это помочь вам. А если попробую нарушить данное условие — просто лишусь души и вместе с ней — всей своей силы. В вашем мире это называется «умереть».

— Но разве ты можешь умереть?! Неужели ты не бессмертен? — воскликнул Оливер.

— А как такое возможно — лишиться души? — в свою очередь спросил Ардан.

— Я бессмертен как дух, бессмертно мое сознание, моя сущность. Но в рамках материального мира я обретаю тело. Я могу менять его форму, однако все же оно вполне осязаемо. В общем, меня можно убить, как и любого здесь живущего, — это одна из причин, почему в миры, подобные вашему, драконы прилетают так редко и ненадолго... Как любой из вас, теряя жизнь, я утрачиваю душу.

— А разве душа и дух — это не одно и то же?

— Странно слышать такой вопрос от монаха! — фыркнул Крейх, но все же объяснил: — Нет, не одно и то же. А путаница у вас вышла из-за того, что во многих языках оба понятия похожи друг на друга или звучат вовсе одинаково. Дух — это самая суть любого существа, какой бы ни была его форма. Тело — это оболочка, приспособленная к условиям того мира, где тебя угораздило воплотиться. А душа — своего рода энергоцентр, или проще — батарейка. Это флешка, куда прописываются все знания. Обретя таковые в свое время, дух уже не может их потерять, а их копия отпечатывается в душе. И еще: для того чтобы ими воспользоваться, нужна энергия — ее душа и накапливает. Лишившись души, я не лишусь своих знаний, но не смогу воспользоваться ими без энергии — для этого мне понадобится иное воплощение. И время... В общем — не вариант, — покачал головой дракон и бросил в пасть пару апельсинов вместе с кожурой.

Монах и экспедитор, впервые услышавшие подобное объяснение человеческой сути, не знали, что сказать. Крейх так легко говорил о жизни и смерти, о душе и энергии! При этом лакомился неочищенными апельсинами, будто огромная мартышка... Наверное, они оба втайне желали услышать от своего космического друга нечто такое, секреты сакральных знаний... Но, услышав, оказались к ним не готовы.

— Проехали, — выдохнул дракон и бросил в пасть очередной апельсин. — Еще кому-нибудь?

Двое лишь синхронно покачали головами — дар речи к ним пока не вернулся.

— Тогда зовите наших влюбленных, пока они там окончательно не замерзли: ваш храбрый ботан вряд ли решился обнять девушку. И будем собираться домой — завтра, чувствую, денек может быть интересным, — добавил инопланетный ящер, поедая последний апельсин.

Но звать никого не пришлось — Том уже сам шел к ним. Тонкий силуэт Оливии темнел немного поодаль.

— Вы что, поссорились? — Оливер, стряхнув с себя тягостное наваждение от услышанного, был рад теперь переключиться хотя бы на Томаса.

— Да нет, что ты! Оливии просто позвонил кто-то, и я не стал мешать...

— Позвонил? — Оливер удивленно взглянул на часы — часовая стрелка сонно подползала к отметке «4».

Том в ответ только пожал плечами — парень казался расстроенным. Но он даже не догадывался, что хуже всех сейчас чувствовала себя Оливия. Повернувшись спиной к остальным, девушка застыла с телефоном, который подавал лишь равнодушные короткие гудки. Несколько слов, сказанных Мэдом, вдруг вернули ее на землю. И не просто вернули, а хорошенько нокаутировали в самый неподходящий момент. Бросить друзей, которых едва успела обрести, что может быть больнее? Бросить навсегда, предательски, жестко, превратиться в призрак, оставив для них лишь горечь воспоминания...

«Оливия? Твоя миссия окончена. Первым рейсом возвращайся назад. Ты нужна здесь, шеф уже ждет тебя». — «Но как окончена? Мне было приказано следить за...» — «Остальное — не твоя забота, — прервал ее Мэд, не дослушав до конца. — Возвращайся. Приказ шефа».

И тут недавнее очарование лунной ночи, и ее ладонь в теплой робкой ладони такого беззащитно-милого Томаса, и дружная компания, которая наконец-то начала становиться командой, — все это вдруг разлетелось вдребезги, будто осколки разбитого зеркала.

«Так, наверное, чувствовала себя Золушка, когда после бала ей пришлось вернуться к мачехе, — подумала она, подняв лицо к небу. — Разве что эта луна не превратилась в тыкву...»

Оливия и сама не знала, почему ей стало так тяжко. Еще несколько дней назад она мечтала выбраться из этого городка, отпроситься в долгожданный отпуск и уехать на теплый пляж, но почему-то сейчас даже мысли о пляже казались бесцветными, словно с них слетела вся мишура предвкушаемой радости.

Почему так? Это было всего лишь одно из десятков других заданий, которые она всегда выполняла четко, без эмоций и переживаний. Обычно единственным чувством после проделанной работы было удовлетворение от собственного профессионализма и от гонорара. Отчего же теперь все иначе? Последнее задание не было ни самым сложным, ни самым опасным — скорее наоборот. Ни от кого не следовало прятаться, никого не надо было убивать... Просто внедриться в эту странную компанию, завоевать доверие и докладывать обо всем, что она видит и слышит. И с этим она справилась отлично. Но чувство гнетущей тоски не покидало ее — словно предать предстояло не этих чужих ей людей, а саму себя. Однако миссия окончена, а приказы не обсуждаются...

Оливия подняла лицо к побледневшей тусклой луне, злясь на себя за слезы, начавшие щипать глаза. Этого только не хватало! Нет, прочь эмоции...

— Возьми себя в руки, тряпка, — прошипела девушка самой себе и заставила неуклюжее тело повернуться ко всем.

Кажется, компания уже начала сборы домой.

До боли стиснув в кармане холодный кусок пластика — свой мобильник, Оливия быстрым шагом направилась к остальным.

Темнота накрыла землю стремительно. Луна, как будто устыдившись подслушанных речей, похоже, решила навсегда остаться за налетевшей тучей. Или просто так темно стало на сердце Оливии?

Она изо всех сил старалась гнать мысли об этом. Лучше подумать сейчас о том, как объяснить свой предстоящий отъезд...

ГЛАВА 45

— Я ничего не понимаю, — повторил Томас, растерянно комкая в руках бумажный белый прямоугольник.

Он, подобно заевшей записи на проигрывателе, повторял это уже раз двадцатый. В новеньких модных джинсах и до скрипа отутюженной рубашке, с потерянным видом Том сидел на кухне Оливера, продолжая мять в руках записку от Оливии, в которой девушка объясняла, куда и почему исчезла. В общем-то, это послание на самом деле не вносило в ситуацию ясности.

— Ничего не понимаю...

Оливер печально вздохнул, ему очень было жаль Томаса, попавшего в такое непонятное положение. Девушка, которая вроде была не против его робких ухаживаний, вдруг испарилась — просто под утро, не сказав никому ни слова, лишь черкнув пару строк о неотложных делах, которые вынуждают ее срочно вернуться домой. Где именно был этот дом, Оливия не писала. Тем более все это было странно, учитывая, что до сих пор она считалась частью команды по спасению мира! И тут вдруг какие-то дела...

Но, по правде говоря, Оливеру было не до Оливии: ушла — и пусть. Хотя он, конечно, чувствовал разочарование и даже обиду: могла бы рассказать, что там у нее стряслось. Вчерашний день их сблизил, даже сделал друзьями — во всяком случае, так ему показалось. Видимо, был не прав...

— Мы все иногда ошибаемся в людях, — вдруг сказал он Тому, вместо того чтобы утешать его.

Тот вздрогнул — и поник еще больше.

Всегда немногословный Ардан лишь выразительно покачал головой: кажется, он, как и Оливер, чувствовал здесь какой-то подвох, но не находил никаких подтверждений своим догадкам.

И надо же: в эту, по самые края наполненную тягостным молчанием минуту, раздалось жизнерадостное чириканье под музыкальный аккомпанемент! Все трое обернулись в сторону не соответствующих моменту звуков. Оливер не сразу сообразил, что трезвонит его телефон. И звонит кто-то именно с телефона Алекс...

Побледнев, он бросился к мобильному и рванул с ним на балкон, едва не сбив с ног легкомысленно поднявшегося с дивана монаха. Только захлопнув за собой дверь, парень сумел дрожащей рукой нажать кнопку.

— Д... да!

— Здравствуйте, мистер Смит, — прозвучал на том конце мужской голос.

При иных обстоятельствах парень даже назвал бы этот голос приятным, но сразу стало ясно — говорил другой человек, не тот, что общался с ним прежде.

— Я рад, что между нами не возникло недопонимания — вы не обращались в полицию и вели себя корректно, — вещал дальше невидимый собеседник. — Со своей стороны могу вас уверить: с вашей девушкой все в порядке и она с нетерпением ждет встречи с вами.

— Алекс! Дайте мне поговорить с ней! — выкрикнул Оливер, с трудом сдерживая эмоции.

— Непременно, молодой человек, непременно. И сможете не только поговорить, но и забрать ее домой. При одном маленьком условии.

— Какое еще условие? Что вам надо?!

Юноша изо всех сил старался казаться спокойным, но это ему не слишком удавалось.

— Мы готовы обменять вашу девушку. На одну услугу.

— Я должен поговорить с ней!

На том конце провода послышалась какая-то возня, и тут уже другой голос — до боли знакомый, неуверенно произнес:

— Оливер?

— Алекс, где ты?! С тобой все в порядке? Где они тебя держат?

— Да, со мной все в порядке, — пролепетала она после некоторой заминки.

Наверняка их разговор кто-то слушал, но своими до предела обострившимися новыми чувствами-сканерами он понимал, что девушка, хоть и напугана, все же говорит правду. Ничего по-настоящему плохого с ней пока не случилось. Пока...

— Я в каком-то доме — не знаю где... Оливер, что происходит? Скажи им, чтобы меня отпустили! — теперь в ее голосе звучала неподдельная мольба и плохо сдерживаемые рыдания.

— Алекс, только не бойся! Я обязательно заберу тебя, слышишь?

— Да...

По ту сторону снова послышался какой-то шум.

— Алекс, все будет хорошо, верь мне! — отчаянно выкрикнул он, уже не зная, услышит его она или нет.

— Мистер Смит, надеюсь, вы убедились, что мы — честные люди и держим свое слово, но только если вы сдержите свое. Алекс еще немного побудет нашей гостьей, и мы передадим ее вам лично, из рук в руки, целой и невредимой, — невозмутимым голосом увещевал его все тот же человек.

Оливеру отчаянно захотелось заехать этому идиоту в челюсть.

— ...В обмен на дракона, — закончил фразу незнакомец.

Парня словно из ведра ледяной водой окатили. Самые худшие предчувствия подтверждаются...

— Как вы себе представляете это? — внезапно охрипшим голосом спросил он. — Я упакую его в маленькую коробочку, перевяжу ленточкой и передам вам? Вы его вообще видели?

— Не имел возможности, — ответил говорящий на том конце. — И да, конечно, я понимаю, вы не сможете справиться с ним физически. Но это и не требуется. Просто уговорите вашего друга прибыть вместе с вами в место, которое мы укажем. Все остальное мы берем на себя.

— А если он не согласится?

— Полагаю, вам придется найти достаточно убедительные доводы, мистер Смит. Иначе девушка умрет не самой приятной смертью. Подумайте об этом.

— Хорошо... Но какие вы можете дать гарантии, что с Алекс ничего не случится, если я... приведу вам дракона?

Оливер едва выдавил это из себя. Он пока не представлял, как будет действовать дальше, но было ясно, что бросить Алекс в беде не сможет. Как, впрочем, и предать Крейха...

— Гарантии? — мужчина, кажется, улыбался. — Я даю вам честное слово, юноша. И поверьте мне, оно стоит больше многих гарантий. Девушка в обмен на дракона, или же она умрет этой ночью, — голос перестал быть вкрадчивым, и в нем неожиданно послышались железные нотки.

— Куда я... мы должны приехать? — упавшим голосом промолвил Оливер.

— Йоханнесбург. Сегодня вечером.

— Йоханнесбург?! Но это же...

— Да, это немного далековато, — собеседник, кажется, снова насмехался. — Но сейчас транспортное сообщение во всем мире хорошее. В конце концов, у вас есть дракон... Думаю, вы успеете.

— Где мне искать вас?

— Дальнейшие инструкции получите по прибытии. Желаю успеха, молодой человек, — добавил он, и связь оборвалась вместе с безнадежно сжавшимся в болезненный комок сердцем Оливера.

Что делать дальше, пикапер пока не знал.

ГЛАВА 46

— Ну вот и всё, — Вильям Блэк улыбнулся, брезгливо бросил чужой мобильный на стол и тут же вытер длинные пальцы антибактериальной салфеткой, словно держал перед этим в руках, по меньшей мере, скользкую жабу. — Мальчик примчится за этой девчонкой, а мы встретим его необычного друга. Все складывается как нельзя лучше, — улыбнулся он, поднимаясь с кресла.

Оливия и Мэд — молчаливые свидетели разговора, продолжали стоять рядом.

— Но почему Йоханнесбург? — не удержалась Оливия, когда Председатель уже двинулся к двери.

Оглянувшись, он посмотрел на девушку с некоторым удивлением — раньше она не позволяла себе излишнего любопытства. Кажется, он сделал правильно, решив отстранить ее от операции.

— Сегодня — знаменательный день для всей планеты, милочка, — снисходительно объяснил Блэк. — Именно в Витватерсрандском Университете в Йоханнесбурге уже сейчас проходит первая Всемирная научная конференция, посвященная вопросам перенаселения и охраны окружающей среды. В ней принимают участие ученые, политики и общественные деятели всех стран. Я не сомневаюсь, что это событие станет новой точкой отсчета в мировой истории, — саркастическая усмешка скривила тонкие губы Блэка. — И я, как Президент корпорации «Блэк Плэнет», должен буду выступить на ее закрытии. А дракон — он будет как вишенка на праздничном торте, — добавил Вильям.

Посчитав такие объяснения достаточными, Блэк двинулся к выходу, на ходу отдавая дальнейшие распоряжения.

— Мэд, подготовь мой самолет — мы вылетаем через час. Мне еще нужно обсудить кое-какие детали с Профессором... А ты, Оливия, оставайся здесь до моего возвращения — следующее задание получишь позже.

— Есть, сэр...

Провожая шефа хмурым взглядом, девушка напустила на себя невозмутимый вид, но настроение было гадкое — словно она только что вывалялась в грязной луже. Еще ни одно задание не давалось ей так тяжело.

Обычно, возвращаясь к себе домой — в особняк рядом с резиденцией шефа, она тут же забывала о проделанной работе, планируя, где и на что потратит заработанные деньги, но в этот раз что-то изменилось. «Объекты» работы вдруг превратились в «субъекты» — людей, которые стали ей почему-то важны. И это мешало. Впервые внутри нее закопошился маленький зверек, не дававший покоя, и она вновь и вновь возвращалась мыслями к странной компании — двум мальчишкам, монаху, который говорил сам с собой, и фантастическому огромному существу из другого мира.

«Лучше бы ты никогда не появлялся! — с тоской подумала Оливия, обращаясь к этому маленькому зверьку, именуемому „совесть". — Без тебя жилось гораздо легче...»

Девушка продолжала смотреть на дверь, пока за ней не скрылась вслед за Блэком и необъятная спина Мэда.

И теперь Оливер полетит из своего Мидлтауна в Йоханнесбург, чтобы попытаться спасти Алекс. Ему ведь неизвестно, что Блэк никогда не оставляет в живых свидетелей своих темных дел — никого, кто хоть раз видел в лицо его самого или же людей, работающих на него. Подобная судьба ждет и Оливера. И девушку, в которую он влюблен...

— Но зачем ему Крейх? Что он будет делать с драконом? — вслух спросила она саму себя и тут же прикрыла рот рукой. В этом доме у всех стен есть уши в буквальном смысле.

Дела шефа раньше ее особо не интересовали — только в пределах получения необходимой информации. Но все равно знала она много — настолько, что не могла питать иллюзий когда-нибудь оставить эту работу и зажить обычной жизнью. Раньше Оливия ни разу этого не хотела. Она гордилась тем, что, выбравшись с грязных улиц, стала работать на богатейшего человека страны, а возможно, и планеты. Роскошная квартира, несколько авто, целая коллекция мотоциклов, внушительный счет в банке, дизайнерская одежда. Полусироте, дочери спившегося мелкого вора, такая «карьера» и не снилась. Но лишь сейчас она вдруг позволила себе осознать, что одиночество, которое всегда принимала за свободу и независимость, вдруг стало мешать ей. Оливии отчаянно захотелось быть кому-то нужной, чтобы нужна была именно она, а не ее ловкость и боевое мастерство. Тот смешной робкий паренек, Том, который никак не решался взять ее за руку, смотрел на нее влюбленными глазами. Он ею восхищался, считал красивой и умной. Ему хотелось всего лишь немного ее внимания. А теперь... как они поступят с Томом? С Оливером?

Сделав слишком резкое движение, девушка налетела на угол кресла и зацепила его ногой. Чертыхнувшись, потерла рукой ушибленное место — и совсем не вовремя вспомнила гибкий драконий хвост, обхвативший ее щиколотку, чтобы вылечить травму. Хвостотерапия Крейха...

— Что же я натворила!..

Быстрым шагом Оливия рванула прочь из дома и остановилась на пороге: три автомобиля уже выехали на улицу, и пуленепробиваемые створки ворот как раз смыкались за ними.

Растерянно глядя им вслед, блондинка сейчас — едва ли не впервые в жизни — не знала, как действовать.

Ее локтя коснулась чья-то робкая рука.

Резко обернувшись, Оливия увидела бледную девушку в униформе горничной — это была служанка Председателя. Кажется, ее звали Дина.

— Чего тебе? — не очень вежливо спросила Оливия.

Дина, робко оглянувшись, сделала неуверенный жест рукой, приглашая блондинку за собой. Оливия взглянула на нее уже с интересом — за все время, что ей доводилось бывать в особняке своего шефа, служанка ни разу не пыталась заговорить с ней. Вроде бы она вообще была немой... А сейчас огромные серые глаза девушки смотрели с мольбой, и Оливия пошла за ней следом — по узкой, мощеной камнем дорожке, что вела к небольшому саду во внутренний дворик.

Под каким-то диковинным деревом с фиолетовыми листьями Дина так же неожиданно остановилась и достала из кармана кружевного белого передника небольшой плоский приборчик, по поверхности которого забарабанила пальцами. На мониторе появились слова крупными буквами: «Я тебя знаю, ты — Оливия, одна из его помощниц».

— Да, я Оливия. Чего ты хочешь? — сказала девушка.

Немая служанка внимательно смотрела на ее губы — по их движению она читала слова. И написала еще две фразы: «Я не знаю, могу ли доверять тебе, но мне больше не к кому обратиться. Если мистер Блэк сделает то, что он задумал, умрет очень много людей».

Оливия удивленно перевела взгляд с монитора на бледное взволнованное лицо с горящими глазами.

— Я не вмешиваюсь в дела мистера Блэка, дорогуша. Ты точно обратилась не по адресу, — отрезала она и уже собралась уходить, но тонкие пальцы вцепились в ее рукав.

Дина открыла рот, словно хотела закричать, однако из ее горла вырвался лишь непонятный сдавленный звук — все это выглядело немного жутковато.

Белые пальцы, словно невесомые мотыльки, вновь замелькали над экраном, написав: «Погибнут почти все! Он хочет взорвать бомбу со смертельным вирусом и уничтожить мир. Спасутся только те, у кого будет противоядие».

Оливия тупо смотрела на буквы, чувствуя во рту металлический привкус. Слова Крейха тут же всплыли в памяти: «Они хотят „очистить планету“ от слишком большого количества представителей вашей расы, выпустив на волю смертельный вирус. Они решили, что имеют право выбирать — кому жить дальше, а кто должен исчезнуть. При этом уверены, что смогут контролировать вирус. Но вот вирус так не думает».

Так вот о чем предупреждал дракон! А она, честно говоря, не очень-то и верила ему, считая, что он ведет свою игру... Как же она ошибалась!

— Откуда тебе все это известно? — резко спросила Оливия у служанки.

«Он говорил об этом с каким-то человеком, которого называл „Профессор“», — ответила Дина.

— Управляющий экспериментальной лаборатории на «Блэк Фармасиа»...

Кусочки пазла стремительно складывались в единую картину.

— Он знает, что дракон захочет ему помешать. Он соберет их всех в Йоханнесбурге сегодня вечером. «Дракон — как вишенка на торте»! Так вот каким тортом решил угостить участников конференции Председатель...

— «Это событие станет новой точкой отсчета в мировой истории», — повторила девушка недавно сказанные слова своего шефа.

«Что же теперь делать?» — засветилось на мониторе.

Оливия впервые взяла Дину за руку.

— Молись, чтобы у нас все вышло, а я попробую помочь тем, кто способен остановить это безумие.

«Если еще не поздно», — последние слова она не произнесла — глухонемая ведь умела читать по губам. А прочесть сейчас ее сомнение и раскаяние — это уже лишнее...

Через несколько минут огромный черный мотоцикл с миниатюрной всадницей на железной спине вылетел из ворот резиденции Блэка и помчался в сторону аэропорта.

ГЛАВА 47

— Мишрер Смиит? — прозвучало над самым ухом Оливера так неожиданно, что он вздрогнул.

Высокий, в ослепительно белой рубашке чернокожий верзила шагнул из пестрой толпы к нему навстречу, как только тот прошел таможенный контроль в аэропорту Йоханнесбурга. Чужая речь, громкие звуки объявлений и даже сам воздух здесь казались Оливеру наполненными напряжением. Но на этот раз он был готов к неожиданностям. Собственно, ступая на чужую территорию, парень не мог догадываться, чего ему ждать.

— Да, слушаю вас, — Оливер сохранял уверенность и спокойствие, хотя сразу же догадался, кем может быть этот человек, назвавший его по имени.

— Мой гошподин приглашает вас статти его гость и присоединитися к торжеству, что состоится после закрытия конференция, — посланец выговаривал слова старательно, однако у него не все получалось правильно. — Будьте добры отправляться за мной.

— Передайте своему господину, кем бы он ни был, что я обязательно приеду. Но только на своем автомобиле.

Увидев искреннее удивление чернокожего человека, Оливер решил объясниться:

— Видите ли, я страдаю механофобией — боюсь чужих автомобилей. И комфортно чувствую себя лишь в своей машине. Поэтому взял ее с собой. Перевез на самолете. Это влетело мне в копеечку, но что поделаешь, иначе никак.

Лицо посыльного вытянулось еще больше, он какое-то время размышлял над фразами странного парня, однако понял, что тот не хочет ехать с ним, и не нашел ничего лучшего, как снова по-дурацки улыбнуться.

— Тогда мой хозяин ждать вас в Витватерсранд Университет сегодняшний вечер, — наконец произнес он и быстро зашагал прочь.

«Значит, хватать меня прямо в аэропорту у них задача не стояла», — подумал Оливер, мысленно обращаясь к Крейху, и дракон его услышал.

«Видимо, так... А теперь забирай меня отсюда, иначе я разнесу пыльное брюхо этого железного монстра вдребезги — стоит мне разок чихнуть», — предупредил Крейх, и Оливер сразу же ему поверил.

Оглянувшись по сторонам, юноша направился к мужскому туалету, где его уже должны были поджидать остальные. На всякий случай компания решила разделиться, и даже в самолете все сидели порознь.

Петляя в широких коридорах огромного многоуровневого здания, он мысленно просил Крейха еще чуть-чуть подождать в грузовом отсеке, пока он встретится с остальными.

Долговязый Томас смотрелся забавно в своей куртке и свитере среди одетых в футболки парней с разным цветом кожи, ожидающих кого-то неподалеку от таблички с понятными на всех языках буквами WC. Но еще более неожиданно выглядел Ардан в джинсах и рубашке Оливера, которая на нем смотрелась как мини-платье. Со своей восточной внешностью и бородой он напоминал джинна из сказки, вдруг очутившегося в нашем времени. Оливер, вопреки всей напряженности ситуации, едва сдержал улыбку, глядя на эту забавную парочку.

— Томас, тебе не холодно? Может, еще одну куртку?

— Да я вот тоже думаю — не снять ли второй свитер? — ответил ботаник и тут же принялся стаскивать с себя верхнюю одежду.

— Здесь рядом с аэропортом есть автобусная остановка. Ждите меня там, — скомандовал Оливер на ходу и помчался дальше, теперь уже — вызволять Крейха из лап подозрительных таможенников.

Спускаясь по ленте эскалатора на нижний ярус, юноша невольно разглядывал пеструю толпу вокруг. Люди разных наций, темноволосые, рыжие, блондинистые, старые и совсем дети, мужчины и женщины — все они куда-то спешили, суетились, радовались встречам и грустили перед дальней дорогой. Они просто жили, ни на минуту не догадываясь, какая участь уже уготована им всем. Вдыхая сухой горячий воздух чужой страны, невольно прислушиваясь к обрывкам речи на разных языках, он вдруг почувствовал глубокую печаль и волнение. Все эти люди, насколько бы уверенными они ни выглядели, на самом деле были беззащитны перед незримой бедой. И если они не остановят ее...

«Теперь ты готов», — вдруг услышал он в своей голове голос Крейха и почему-то совсем не удивился этому.

«Ты, кажется, обещал не подслушивать мои мысли», — беззлобно огрызнулся парень.

«Это не мысли, это чувства. Их нельзя спрятать, если они есть, — убедительно произнес Крейх. — Так что я не подслушивал — я просто почувствовал то, что чувствуешь ты».

«И к чему же я готов?»

Сквозь полупрозрачный купол свода над зданием вдруг сверкнули, преломляясь о стекло, золотистые лучи светила, что уже обозначило свой путь в сторону заката. Рассеянный желтый свет на миг блеснул, переливаясь искристой россыпью.

«Принять на себя ответственность за их жизни. И бороться ради спасения людей Земли до конца. Чего бы это ни стоило», — в голосе Крейха теперь не было ни капли насмешки.

— Кажется, я понял, — ответил Оливер вслух.

Он был уверен — дракон его слышит...

ГЛАВА 48

— Оливер, возьми же трубку, черт тебя подери! — прорычала Оливия в свой мобильник, словно он был виноват, что номер Оливера Смита упорно продолжал оставаться «вне зоны».

Вздохнув, блондинка решительно направилась обратно в гущу толпы, хотя отыскать своих знакомых среди нескольких тысяч участников праздника казалось заданием почти нереальным.

Громкие звуки музыки смешивались с гулом толпы. Мужчины в костюмах и женщины в вечерних платьях общались друг с другом, прогуливаясь в огромном университетском саду — сегодня он был открыт для всех. То тут, то там сверкали фотовспышки — журналисты без устали фотографировали все, что завтра можно будет выставить в утренних газетах. Усталые официанты едва не падали с ног, поднося все новые и новые закуски и бокалы с напитками к многочисленным столам, расставленным на террасе за центральным зданием университета. Бесконечные гирлянды разноцветных огней, высокие струи фонтанов, подсвеченные лампами, — все это завораживало взгляд и создавало ощущение настоящего праздника.

Всемирная конференция, организованная «Блэк Плэнет», сейчас завершалась грандиозным торжеством с оркестрами и банкетом, и, наверное, только самые ленивые горожане не попытались пробраться сюда. Охрана у входа смотрела на непрошеных гостей сквозь пальцы, не пропускали разве что пьяных или уличных бродяг, поэтому вскоре празднество приобрело по-настоящему массовый характер.

Гости обговаривали недавно принятые соглашения, кто-то давал интервью вездесущим репортерам или позировал для камер, кто-то танцевал под звуки неустанно льющихся мелодий и наслаждался угощениями, не претендуя ни на что больше. Но расходиться никто не спешил — все ждали выступления Вильяма Блэка, спонсора этого мероприятия, а затем — обещанного незабываемого зрелища, которое до сих пор оставалось под секретом.

От беспорядочного движения множества людей, сплетения звуков и запахов у Оливера давно болела голова. И даже его приобретенные в последнее время сверхспособности не спасали — искомые сигналы как будто растворялись в толпе, что клокотала, словно набегающая морская волна.

Облаченный в красивый костюм из светло-серого льна, Оливер стоял с бокалом шампанского в руке возле увитой цветочными гирляндами беседки и походил скорее на молодого ученого — участника завершившейся недавно конференции. К нему несколько раз подбегали журналисты — он с вежливой улыбкой отказывался говорить с ними и никуда не отлучался, иногда лишь неспешно ходил взад-вперед. Золотистая жидкость в бокале оставалась нетронутой, и никому и в голову не могло прийти, что, продолжая быть на виду у всех, этот милый юноша уже несколько часов ищет бомбу и общается с космическим пришельцем.

«Крейх, что там у тебя?»

«Пока ничего конкретного. Томас нашел вход в подвал — туда спустилось несколько мужчин в костюмах, а обратно они не вышли. Он продолжает слежку».

Крейх в облике пикапа затерялся на стоянке среди других автомобилей, и в то же время незримо осуществлял связь между всеми участниками небольшой команды. Пока им не удалось обнаружить ничего подходящего, но подвал — это уже кое-что.

«Веди меня к нему», — принял решение Оливер.

Время убегало, словно песок сквозь пальцы, а в своих поисках бомбы они не продвинулись ни на шаг с тех пор, как пробрались сюда.

Крейх предположил, что над своим изобретением злоумышленники поставили ментальный щит — кажется, они во всех отношениях хорошо подготовились...

Не выпуская бокала из рук, Оливер уверенным шагом двинулся в сторону второго корпуса университетского здания — туда, куда вел его внутренний голос — голос Крейха.

Высокие темные колонны второго корпуса освещались лишь скромным светом нескольких фонарей: праздничной толпе здесь нечего было делать. Из тени колонны навстречу шагнул Томас, и тут же рядом возникла еще одна тень: Ардан со своей чудо-птицей на плече.

— Там что-то есть, там точно что-то есть! — синий Рэкс взвился вверх и прямо в воздухе запрыгал от нетерпения. — Хотел я туда пробраться, но меня отшвырнуло какой-то невидимой волной! Вот так запросто: шмяк — и выбросило!

— А вот это уже интересно, — Оливер сосредоточенно потер виски и на минуту прикрыл глаза.

Мысленно потянувшись в сторону подвального помещения в самом торце длинной серой стены, он попробовал просканировать ауру этого места.

Его друзья притихли, чтобы не мешать. Теперь Оливер был их лидером. Да и сам юноша чувствовал себя кем-то другим: не расхлябанным и безответственным экспедитором, а собранным и напористым представителем всей людской расы, готовым на все, чтобы спасти ее. Да и внешне он изменился: движения стали более четкими, в глазах появился блеск. Разговаривал он неторопливо и взвешенно, спокойно принимая взгляд собеседника. А самое главное — избавился от вечных внутренних диалогов с самим собой, которые не давали ему получать удовольствие от жизни. Он принял себя таким, каким был, — со всеми совершенными ошибками и упущенными возможностями, и не винил больше себя за них. Став цельной личностью, ощущал каждую минуту своей жизни как последнюю.

Напряженно сведенные брови дрогнули, и Оливер открыл глаза:

— Да, там точно что-то есть. Меня тоже отбросило, как и нашего Рэкса. Надо идти туда.

— Я с вами! Птица удачи нужна вам! — пискнуло синее создание, кружась над макушкой Оливера.

— Конечно, удача всегда кстати, — серьезно ответил парень и протянул руку, на нее гордо умостилось ультрамариновое чудо.

И небольшой отряд двинулся к двери подвала.

ГЛАВА 49

— Простите, это здесь мужской туалет? — не растерялся Ардан, когда из темного дверного проема подвала вдруг возник крупный, накачанный персонаж с бульдожьей челюстью и такими же бульдожьими глазками, исподлобья сверлившими непрошеных гостей.

Смешно приплясывая, монах засеменил по ступенькам вниз к подвалу, словно ему и впрямь не терпелось скорее добраться до туалета.

— Пошел вон отсюда! — рявкнул верзила, перегородив старику путь.

— Фу, как некрасиво! Разве можно так разговаривать с пожилым человеком? — изображая хорошо подвыпившего гуляку, Оливер бросился на выручку монаху.

И неожиданно резким ударом сбил бульдоговидного с ног и тут же вырубил, внушительно приложив головой о каменную ступеньку.

— Ух ты! Как ты его! Раз — и всё! — Рэкс запрыгала в воздухе от счастья: она любила сильные зрелища.

В отличие от всех остальных, синяя птица, конечно же, не рисковала ничем: против пуль и вирусов у нее был особый иммунитет. Но потерять компанию ей ой как не хотелось...

— Вперед!

Все четверо влетели в теперь уже доступную дверь подвала и оказались в полной темноте.

— У-у-у! — завыл кто-то прямо над ухом Оливера.

Оказывается, Томас, оступившись, сам себе отдавил ногу.

— Тише! У кого-нибудь есть фонарик?

— По-моему, есть! — отозвался Ардан, но указывал он не на фонарик, а на светлеющее пятно над их головами.

В темноте птица удачи светилась неярким голубоватым сиянием, каким отсвечивает луна в синеве реки. Свет был слабым, и все же достаточным для того, чтобы передвигаться, не натыкаясь друг на друга.

— Лети вперед!

Задрав клюв от ощущения важности собственной роли, Рэкс устремилась по коридору, и все двинулись за ней. Набрав хороший разгон, птичка рванула вперед и вдруг исчезла. Бегущие люди одновременно ринулись следом — и все разом навалились на неожиданно возникшую дверь.

Была ли она заперта или просто прикрыта, кто знает, но от удара трех тел жалобно взвизгнула — и с грохотом ввалилась внутрь.

— Упс... Простите, я забыла, что вы сквозь двери проходить не умеете... — пропищал комок синих перьев, запоздало извиняясь и наблюдая, как троица кучей въехала верхом на двери... прямо лоб в лоб кому-то!

В диковинных головных уборах из листьев и перьев, с рядами длинных бус из костей животных, в слабом свете нескольких дымящихся свечей на полу в позе лотоса сидело пятеро темнокожих мужчин. Из одежды на них были только набедренные повязки. Кажется, они находились в состоянии транса — до того, естественно, как на них свалилась «команда спасения».

— Это шаманы! — первым догадался Ардан.

И вдруг монах бросился в драку, стукнув крайнего из сидящих на полу в челюсть. От очередной неожиданности тот тряхнул своими перьями, сделав рукой в воздухе охранный знак: видимо, он думал, что ввалившаяся компания незнакомцев — всего лишь мираж. Затем не спеша поднялся на ноги и навис над Арданом, оказавшись выше миниатюрного азиата примерно на три головы.

— Хьыйййяя!

Оливер не стал раздумывать, допустимо ли нападать на шаманов в состоянии транса или лучше подождать, пока они очнутся. Видимо, это и была та самая экстра-команда, что обеспечивала злоумышленникам вкупе с их бомбой надежный ментальный щит. Их следовало обезвредить...

Одного удара ногой хватило, чтобы шаман, нависающий над Арданом, мешком свалился на своих товарищей. Еще двоих очнувшихся оказалось достаточно просто стукнуть лбами, что обеспечило им продолжение нирваны минимум на пару часов. Пока Оливер дрался с четвертым, который, в отличие от остальных, был способен за себя постоять, последний рванул к двери, надеясь на побег. И ему удалось бы это, если бы не подножка Томаса...

Через пять минут все колдуны, аккуратно связанные их же бусами (очень кстати пригодилось умение ботаника вязать морские узлы), лежали на полу. Не найдя в комнате больше ничего интересного, довольные своей победой все вернулись в коридор.

— Надо искать дальше! Может, где-то здесь они держат Алекс! Подождите! — Оливер жестом остановил свою небольшую команду, которая, окрыленная первой удачей, рвалась в бой.

Он прислушался к своим новым ощущениям: дальше, впереди по коридору, была пустота. Пустотой отзывался и еще ряд дверей, остались лишь отголоски слов и недавних действий.

Зато где-то далеко за их спинами, отсвечивая красной палитрой плохо сдерживаемых эмоций, разворачивалось нечто важное. Но самое главное — сквозь тысячи чужих вибраций мелькнуло знакомое нежное облачко... Алекс! Она была... почему-то среди толпы! Неужели ей удалось сбежать?

— Нам надо возвращаться, немедленно! — крикнул Оливер и первым помчался к выходу из подвала. Его вело лишь неудержимое желание поскорее найти Алекс.

Удар обрушился почти сразу, едва нога парня коснулась порога. Вместе с надвигающейся темнотой юноша почувствовал, как тяжело захлопнулась железная дверь за спиной, отгораживая его от друзей, которые остались за ней.

А потом стало тихо...

ГЛАВА 50

— Просыпается! — пробасило где-то сбоку и сверху одновременно.

Оливер с трудом поднял тяжелую руку, чтобы ощупать гудящую, словно колокол, голову, а затем осторожно разлепил веки.

Когда картинка перед глазами перестала кружиться, он увидел в кожаном кресле напротив невысокого человека. На нем был дорогой костюм. Оливера будто кто-то крепко встряхнул: каким-то чутьем парень сразу понял: этот улыбающийся незнакомец и есть причина всех его бед.

— О, вы уже очнулись, молодой человек? — приветливо произнес мужчина. — Извините моего помощника — у него некоторые проблемы с манерами. Он должен был просто пригласить вас на небольшую дружескую беседу, а не тащить на себе в бессознательном виде... Вам уже лучше?

— Нормально, — резко ответил Оливер, хотя чувствовал, что все еще не пришел в себя. — Кто вы такой?

— О, вы до сих пор не знаете моего имени! — мужчина осклабился сильнее. — Вильям Блэк, к вашим услугам, мистер Смит...

«Крейх, тут какой-то чеширский кот хочет меня заболтать», — юноша пытался не паниковать, и пока что ему удавалось это.

Однако ответа на свой мысленный вызов он не услышал.

«Крейх! Ты где? Я тебя не слышу!»

И снова тишина...

«Крейх!!!»

Тишина. Лишь глаза человека напротив вдруг странно блеснули, и вся напускная благожелательность слетела мигом. Он стал похож на хищную птицу, учуявшую запах крови.

— Ты зовешь своего дракона, не правда ли? Ментальная связь между вами — она постоянна?

Оливер не ответил, только слегка ошарашенно заморгал: кажется, этот странный тип читал все его мысли как открытую книгу.

— Зачем он тебе нужен? — выдавил из себя парень.

— Он? — усмешка, уже давно начавшая бесить Оливера, снова расползлась по гладко выбритой физиономии типа. — Неужели кто-нибудь смог бы отказаться от знаний и силы, которые может дать лишь душа дракона? Убивший его получит всё...

Оливер невольно дернулся, как от удара, что не ускользнуло от внимания Блэка.

— Думаешь, вы перехитрили всех, оставив дракона в облике пикапа? Согласен, это было оригинально. Я сам долго не верил, что такое возможно... Однако, удостоверившись, что он действительно существует, постарался узнать о нем как можно больше, чтобы заполучить себе. Конечно же, без твоей помощи заманить его в ловушку было бы не так просто.

— В ловушку?

— А ты думаешь, почему вас пустили к шаманам и позволили развлечься с ними? — голос Блэка вдруг приобрел металлические нотки. — Они сделали свое дело — сплели магическую воздушную сеть, способную удержать твоего ящера. А теперь останется только нанести решающий удар...

Председатель не спеша встал из своего кресла и взглянул на часы.

— О! Я тут, кажется, заболтался немного. Пришло время вернуться к своим обязанностям хозяина шоу и произнести завершающую речь. А вы, молодой человек, можете идти.

Увидев полнейшее недоумение на лице Оливера, он снова снисходительно улыбнулся.

— Да-да, вы свободны! Вы исполнили свою часть нашего договора, вас больше никто не задерживает. Идите к своей девушке — она где-то там, развлекается вместе с остальными гостями. Можете забрать ее.

Потеряв всякий интерес к собеседнику, Блэк направился к выходу.

— Забрать?! После того, как ты взорвешь бомбу?!! — выкрикнул Оливер, рванувшись вслед за ним.

И тут же дюжина молчаливых охранников черными тенями преградила ему дорогу.

Блэк обернулся, удивленно приподняв брови.

— О... Кажется, вы осведомлены намного лучше, чем я ожидал. Тогда, пожалуй, вам стоит подождать моего возвращения вместе со своим чешуйчатым другом — чтоб, не дай бог, вы не испортили всем праздник. Проводите юношу! — кивнул он, не глядя в сторону своей охраны.

Четверо сразу же взяли Оливера в кольцо. Остальные двинулись вслед за своим боссом, но не успели они сделать и пары шагов, как дверь распахнулась, впустив в комнату знакомую блондинку.

Оливер потерял дар речи.

— Оливия?! Это что еще такое? — воскликнул Блэк. — Кажется, я приказал тебе оставаться на базе, — скривил он недовольную гримасу.

— Простите, шеф, но это вредно для здоровья — не ездить на бал, если ты того заслуживаешь, — бодро ответила девушка. — Как я могла пропустить такое событие?

На тонкой фигурке переливалось золотыми искрами облегающее вечернее платье, которое эффектно открывало спину, что невольно привлекало взгляды мужчин.

— Предательница, — сквозь зубы прошипел Оливер, но Председатель, кажется, не услышал его.

— Ладно, поговорим об этом позже, — ответил он блондинке. — Раз уж ты здесь, помоги проводить мистера Смита к его друзьям.

Едва Блэк исчез, как охрана бесцеремонно вытолкала парня за дверь и потащила к грузовому лифту. Оливия, блистая золотом, бесстрастно вышагивала рядом с ними.

Оливер не мог поверить в слова Вильяма: оказывается, Оливия, девушка, которую он считал равноправным членом их маленькой команды и в которую был влюблен его наивный друг, все это время врала им! Она работала на их главного врага. Она продала за деньги их дружбу, доверие и возможность выжить. И теперь нагло явилась сюда, разодетая и раскрашенная, словно кукла, чтобы повеселиться на балу смерти, — потому что именно этим должно было завершиться дикое шоу, устроенное безумцем, возомнившим себя богом. Сейчас даже смотреть на нее Оливеру было противно.

При мысли о Крейхе сердце юноши сжалось. Что они с ним сделали? Выходит, из-за желания помочь человечеству мудрый и сильный дракон сам стал пленником, обреченным на скорую гибель. И вся их попытка спасти мир оказалась никчемной...

Такие мысли одолевали Оливера Смита, пока он двигался к лифту, время от времени подгоняемый грубыми толчками стволов в спину.

Последней в лифт зашла Оливия. Кабина бесшумно поползла вниз, а девушка вдруг начала оглядываться, сверкая голой спиной, и ощупывать рукой в длинной перчатке молнию, стягивающую платье.

— Ой, парни, у меня, кажется, молнию заело... Не могли бы вы посмотреть? — с невинным видом обратилась она к двум вооруженным верзилам.

На физиономиях громил появились довольные ухмылки. Оба одновременно потянулись к девушке, чтобы оказать посильную помощь. И... тут же каждый из них получил жесткий удар ребром ладони по шее! Не дав опомниться остальным двум, Оливия нанесла им тоже пару точечных ударов, чем вывела из строя.

Четыре тела рухнули на пол — и одновременно остановился лифт, прибыв куда следовало. Ничего не понимая, Оливер лишь недоуменно наблюдал за действиями девушки.

— Объясню потом, — пообещала Оливия и подхватила с пола короткоствольный автомат одного из верзил. — А теперь — вперед, спасать Крейха!

ГЛАВА 51

— Мэд, я привела тебе еще одного подопечного, — весело произнесла Оливия, толкая перед собой поникшего Оливера. Руки парня были заведены за спину. Юноша осторожно огляделся: обширное подвальное помещение с низким потолком, стул, несколько деревянных ящиков и некстати смотревшаяся тут большая китайская ваза. На бетонном полу неподвижно лежал дракон. Мерцающее полупрозрачное марево над ним напоминало тончайшую паучью сеть. Он не двигался. Видеть этого сильного и неудержимого космического гостя таким беспомощным сейчас было почти физически больно. Неподалеку, спинами друг к другу, сидели Ардан и Томас. Их даже не стали связывать — ну какую опасность может являть собой эта парочка?

Увидев Оливию, Томас едва не подпрыгнул от радости, но, заметив в руках девушки автомат, снова замер с открытым от удивления ртом.

— Да, вся компания в сборе, — ухмыльнулся широкоплечий увалень в дорогом костюме.

Еще шестеро с оружием лениво слонялись вокруг.

Виляя бедрами, Оливия вальяжно подошла к Мэду, оставив Оливера.

— Может, отпразднуем по окончании? — подмигнула она, призывно улыбаясь.

От неожиданности у Мэда отвисла челюсть — никогда еще блондинка не оказывала ему знаков внимания.

А бедняга Томас, поняв все по-своему, только скрипнул зубами.

Оливия положила руку на плечо верзиле и потянулась, чтобы шепнуть что-то на ухо... но вместо этого со всей силы заехала коленом в живот, а когда тот согнулся, охнув от неожиданности, стукнула прикладом автомата по затылку.

— Давно мечтала сделать это!

Не теряя времени, она пустила очередь по двум зазевавшимся поодаль стражам, а Оливер за ее спиной ловко скрутил еще одного, прикрываясь им, как живым щитом.

— Стоять! — возникший из ниоткуда охранник нацелился на подхватившегося Тома.

Однако тут же был повержен мощным ударом по голове: Оливия нашла оригинальное применение старинной китайской вазе — осколки дорогого фарфора осыпались на черный костюм верзилы снежными хлопьями.

— Не смей трогать его, мерзавец! — процедила сквозь зубы разъяренная девушка, глядя сверху вниз на распластанного по полу охранника.

Комок из тел заметался-запрыгал, словно многорукое и многоногое существо. Томас, вдохновленный последними словами Оливии, бросился к ней на помощь, и лишь Ардан замер над неподвижным драконом.

— Это Воздушная сеть, она его держит, — прошептала синяя птица, горестно взмахивая крыльями над поверженным ящером. — Мы не сможем ему помочь, эта штука слишком коварна. Ей отдали свои силы пять шаманов — до последней капли, и теперь она, как голодный зверь, пьет их из Крейха. И выпьет жизнь из любого, кто ее коснется...

Ардан, будто завороженный, вдруг протянул руку к мерцающей паутине. В его узких старческих глазах мелькнуло странное выражение. Он поднял взгляд на свою птицу счастья.

— Спасибо тебе, синяя птица! Я рад, что ты была моим спутником все эти годы...

— Стой! Что ты хочешь сделать?! — воскликнула она, подлетая к монаху.

— У каждого из нас есть тот самый миг, к которому можно идти всю жизнь, но так и не распознать его и пройти мимо. Если это поможет вернуть Великого Дракона и спасти всех — значит, я жил не зря.

Смуглая рука коснулась мерцающего марева. Словно сотни молний взвились вверх, обернув падающее тело старца сверкающим светом.

Тем временем, «успокоив» последних противников, Оливер, Томас и Оливия разом обернулись — чтобы увидеть гаснущее белое пламя, сомкнувшееся на груди монаха. Вдруг стало тихо — настолько, что все услышали, как тяжело вздохнул открывающий глаза дракон. Его первый взгляд был направлен в сторону Ардана, на груди которого замерла синяя птица...

— Мой друг! Ты спас меня...

Пошатываясь, дракон поднялся и расправил крылья.

— Скорее наверх, мы должны отыскать бомбу, пока не поздно! — крикнул Оливер, устремляясь к двери.

Героический поступок Ардана потряс всех, но сейчас не время было останавливаться.

— Фейерверк! — воскликнула Оливия, догоняя Оливера. — Вирус — в фейерверке! Они запустят его сразу после речи Блэка!

— А он уже почти договорил... — прорычал дракон и ринулся за ними.

Крейх был прав: Вильям Блэк, видимо, только что закончил свою речь — об этом свидетельствовали бурные овации собравшихся гостей. Не покидая сцены, хозяин торжества дал кому-то знак, взмахнув рукой...

— Слишком поздно... — прошептала Оливия, вцепившись в плечо Томаса. — Мы опоздали...

— Тогда нам осталось жить примерно несколько минут, да? — пролепетал Томас.

— Скорее всего, что так... — выдохнул Оливер.

— Значит, я успею! — вдруг заявил Томас и сгреб Оливию в объятия.

Девушка хотела сказать что-то, но Том остановил ее долгим поцелуем... Больше этих двоих не интересовало ничего... Поэтому свидетелем того, что происходило дальше, стал только Оливер — ну и еще плюс несколько тысяч людей.

Взметнувшееся вверх крылатое существо рухнуло с неба прямо на Блэка. Подхватив его, оно стрелой взмыло едва не под самые облака и там разжало лапы... Темная точка мелькнула на небосклоне, устремляясь к земле. А дракон мчался уже в другую сторону, немного поодаль от массового сборища, к месту смертоносного оружия. Летящий вверх огненный комок снаряда и мчащийся вниз дракон встретились где-то посредине — и слились в одно целое.

Охнувшая в один голос многотысячная толпа провела взглядами огромное крылатое тело, что рухнуло на землю. Тело дракона, поглотившего смертоносный заряд...

Когда Оливер, запыхавшись, подбежал к неподвижному Крейху, тот был еще жив. Из пасти вырывалось шумное прерывистое дыхание, но в глазах с узкими, как у кошки, зрачками плескалось спокойное понимание происходящего. Взгляд дракона устремился на юношу.

— Ну, наконец-то... Не думал, что дождусь тебя — двуногие медлительны, как черепахи... — Крейх попытался пошутить, чтобы подбодрить своего друга.

— Крейх! Я... Ты...

Не находя подходящих слов, Оливер опустил голову на тяжело вздымающуюся грудь ящера. Из глаз текли горячие слезы, но теперь это не имело значения. Оливер чувствовал, что теряет нечто очень дорогое для себя. И Крейх подтвердил его предчувствие:

— Я исчезну... Но с вашим миром все будет хорошо... на какое-то время, пока вы опять не решите сделать что-то плохое с ним или взорвать его... А сейчас — прими мой подарок...

Уже слабеющая драконья лапа потянулась к Оливеру. Короткая синяя вспышка проскочила между ними, и оранжевые глаза стали стремительно гаснуть.

— Теперь ты — Черный дракон Равновесия...

Обмякшее мощное тело вдруг замерцало, на глазах превращаясь в дым. Одно дуновение ветра — и на пустой площадке остался лишь юноша, горестно склонившийся над своей утратой...

На темнеющем небе, поблескивая, стали появляться первые звезды.

ГЛАВА 52

— Др-р-ракон, — произнесла малышка. Она только недавно научилась выговаривать звук «р» и теперь при каждом удобном случае рычала не хуже тигренка.

— Что? — не поняла ее мама, отвлекшись от монитора планшета.

— Др-р-ракон! — повторила девочка, тыкая пальчиком в темное, подсвеченное огнями города небо.

Отложив планшет, женщина встала с кресла, подошла к дочке и тоже выглянула в окно. Ничего необычного там не было.

— Иди спать, фантазерка! — Она чмокнула дочку в кудрявую макушку и обняла ее. — Спокойной ночи!

— Спокойной ночи, мама! — малышка на минутку повисла у нее на шее, подхватила с кресла большеухого пушистого зайца и вместе с ним потопала в свою комнату.

Женщина еще раз выглянула в окно — и на всякий случай опустила жалюзи, а затем вернулась к просмотру информации соцсетей...

Дракон, расправив черные крылья, сделал очередной виток, поднимаясь все выше — ему наскучило парить над городом, и он свернул в сторону леса. Никем не замеченный, огромный ящер несся в ночном небе, набирая скорость, пока сияющий огнями город не превратился в размытую полоску у него за спиной. Глубокое, цвета его крыльев, небо развернулось со всех сторон, словно безбрежный океан. В этом океане, подрагивая, плавали звезды...

Прошло не меньше часа, прежде чем крылатая тень снова мелькнула высоко над городом — она неслась к парку, утопающему в ночном сумраке. Тень спикировала вниз — и пропала между деревьев.

А несколько минут спустя из темноты шагнул молодой человек в спортивном черном костюме. Пружинистым шагом он двинулся в сторону освещенной центральной аллеи. Светловолосый, обычной комплекции, подтянутый, вовсе не похожий на силача, но, несмотря на поздний час, молодой мужчина вовсе не суетился, чтобы поскорее добраться до парковых фонарей. Он шел неторопливо, наслаждаясь прогулкой, и каждое его движение говорило о спокойной уверенности в себе. Казалось, его защищает невидимая мощная аура внутренней силы. Обычно ее безошибочно чувствуют те, кто привык к опасности.

Мужчина достиг центральной аллеи и так же спокойно двинулся дальше, к входным воротам. И уже здесь небрежным жестом набросил на голову капюшон спортивной куртки, чтобы не привлекать излишне любопытные взгляды. Лицо, так часто мелькающее на страницах журналов и телевизионных экранах, легко притягивает внимание. Ему же хотелось сейчас почувствовать себя простым человеком, получить удовольствие от вечерней прогулки. Такая возможность предоставлялась нечасто: ведь это именно он — руководитель всемирно известной компании, занимающейся космическими разработками, это он — вдохновитель строительства первой колонии на Марсе, развитие которой теперь набирает обороты. Это его запатентованные изобретения — генераторы дождя — превратили часть бесплодных пустынь в плодородные оазисы, а си-турбины продолжают очищать моря́ от пластика. Именно благодаря инновационным разработкам его лабораторий синтетическое экомясо вытеснило природное, отменив необходимость выращивать животных на убой ради пищи. Исследования ведутся и дальше, и они близки к тому, что о слове «голод» в ближайшем будущем люди просто забудут...

Вот почему за ним повсюду гоняются как журналисты из серьезных изданий, так и папарацци из желтой прессы — конечно же, всем хочется знать: как простому юноше вдруг удалось достичь таких поразительных успехов всего за какой-то десяток лет? И он найдет что сказать. Он поведает о своей большой мечте и стремлении помочь людям решить основные проблемы планеты — перенаселения, голода и загрязнения окружающей среды. Он расскажет о поддержке своей любимой жены и обожаемых сыновей-близнецов, ради которых замышляет и воплощает в жизнь грандиозные масштабные проекты. Кроме того, не умолчит также о неоценимой помощи своего друга-биолога, соседа, ставшего бизнес-партнером, который помог ему разработать первую установку по очистке морской воды. Возможно, упомянет о таинственной синей птице удачи, которая якобы досталась «по наследству», после чего его жизнь круто изменилась... И все это правда. Не скажет он лишь об одном — о том, кто вдохновил его на эти мечты и дал веру в то, что ему удастся воплотить их в реальность. О том, кто поделился с ним знаниями, — о Черном драконе, подарившем ему свою душу... О друге, которого до сих пор иногда так не хватает...

Перед выходом из парка Оливер Смит остановился и, запрокинув голову, посмотрел в черноту неба, еще не растворенную огнями города. Высоко над ним плыли в необъятном пространстве звезды. Протянув длинный хвост вдоль Большой Медведицы, выгибалось созвездие Дракона — сегодня оно сияло особенно ярко и отчетливо. И вдруг — показалось ли ему — или космический дракон действительно подмигнул своим глазом-звездочкой?

Улыбнувшись, Оливер спрятал руки в карманы и направился в сторону дома — Алекс ждала его к ужину...

Конец

ВИКТОР ВОЛКЕР

Современный автор неординарных романов, в которых мистика и фэнтези непредсказуемо сочетаются с реальностью, любовью и драмой. Родился в городе Киеве. Юрист по образованию. Писатель, композитор, продюсер и руководитель компании «SPACE ONE».

victor.walker.books@gmail.com
+38 (063) 677-64-16 WhatsApp

Літературно-художнє видання

Волкер Віктор

Пікапер

Легенда про Чорного дракона

Ілюстрації SPACE ONE
Редагування *Н. Бєлодєд*
Коректура і верстка *Ю. Дворецька*
Відповідальний за випуск *В. Волкер*

Підписано до друку 01.12.2020
Формат 60x90/16. Гарнітура Академія
Папір крейдований. Друк офсетний.
Ум. друк. арк. 15,5

9786177999002

Видавництво «СПЕЙС ВАН»
Свідоцтво про внесення до Державного реєстру видавців
ДК №7056 від 18.05.2020
04070, м. Київ, вул. Іллінська, 8
+38 (063) 677-64-16, space-one@ukr.net

SPACEONE

www.ingramcontent.com/pod-product-compliance
Lightning Source LLC
La Vergne TN
LVHW011932070526
838202LV00054B/4605

* 9 7 8 6 1 7 7 9 9 9 0 0 2 *